Alice的
彩虹频道

爱丽丝 ◎ 著

长江出版传媒

长江文艺出版社

图书在版编目（CIP）数据

Alice 的彩虹频道 / 爱丽丝著. -- 武汉 ： 长江文艺
出版社，2025. 8. -- ISBN 978-7-5702-4059-3

Ⅰ. I267

中国国家版本馆 CIP 数据核字第 2025VV7400 号

Alice 的彩虹频道

ALICE DE CAIHONG PINDAO

责任编辑：张　瑞　　　　　　　　责任校对：程华清

封面设计：胡冰倩　　　　　　　　责任印制：邱　莉　胡丽平

出版：长江出版传媒　长江文艺出版社

地址：武汉市雄楚大街 268 号　　　邮编：430070

发行：长江文艺出版社

http://www.cjlap.com

印刷：武汉市籍缘印刷厂

开本：880 毫米×1230 毫米　　 1/32　　　印张：6.875

版次：2025 年 8 月第 1 版　　　2025 年 8 月第 1 次印刷

字数：137 千字

定价：59.50 元

前　言

　　感谢每一位翻开这本书的读者，不论你是对内容好奇，还是刚好看到图书宣传页面，意外下了单，我都希望它对你来说是一本有品味、有角度、有温度的书。

　　在这个日新月异的时代，每个人的成长之路都充满了无限可能。时尚，作为一种文化现象，其内涵早已超越了简单的穿衣打扮，它是一种人生态度，一种生活方式，更是自我表达的重要途径。

　　一个内心喜爱美好事物的人，生活中总少不了音乐、绘画、舞蹈、文学的陪伴，这些不仅构成了我们生活中重要的审美载体，更是一个人内心世界和精神追求的体现。

　　我国调频广播的频率范围在 87MHz~108MHz。而我将本书的频道定格在了 109MHz 的坐标上，这道跃出常规波段的彩虹之光将带你走进一场独特的旅程，探讨时装、艺术如何在人们的生活中扮演着重要的角色；探讨珠宝投资的价值以及其背后的秘密；探讨在新浪潮冲击下的职场文化、家庭模式、社会生活等大家都逃不开的话题，以及如何在"躺平"和"内卷"之中破局，开辟出通往幸福与宁静的第三条人生航道。

生活就是一幅由无数件小事拼凑起来的画卷，那些不起眼的小物件、萍水相逢的小人物、藏在市井烟火中的小确幸，就像绚烂多彩的颜料，晕染出一抹抹弥足珍贵的水墨丹青。在熙熙攘攘的大都市，为梦想拼搏之余，我们也别忘了为自己的内心留白，倾听心灵深处最真实的声音。

当新年的钟声敲响，我的人生迎来了一个新的生命，角色的转变让我第一次意识到"世间无常才是常"的真正含义。未来还有很长的路要走，但不管以什么样的角色出发，爱自己始终是我们一生要学习的功课。我想这本书适合任何年龄段的读者，不管是从前往后翻还是随便翻到某一章，相信都能带给你愉悦的体验。

生如夏花，绚丽绽放，心怀梦想，向光而行。谨以本书献给所有热爱生活的朋友们，希望这些文字能在繁杂的日常里带给你快乐和共鸣，帮你找到生命的喜悦与灿烂。

唯有热爱，可抵岁月漫长。

Alice 的彩虹频道

目录

第一章

时尚，调频 FM109MHz

时尚的先锋精神赋予了我们敢于与众不同的勇气、独立自主的人格，以及执着于梦想的恒心。

说到时装，人们的脑海中第一时间会浮现出瓦伦蒂诺·加拉瓦尼（Valentino Garavani）、克里斯汀·迪奥（Christian Dior）、伊夫·圣罗兰（Yves Saint Laurent）、加布里埃·香奈儿（Gabrielle Chanel）、卡尔·拉格斐（Karl Lagerfeld）、乔治·阿玛尼（Giorgio Armani）、让·保罗·高提耶（Jean Paul Gaultier）等宗师级设计师的名字。在历史长河里，我们熟知的这些先锋设计师们给人类留下的不只是伟大的作品，还有宝贵的精神财富。他们在自己的时代创造了无数的传奇，也为现代女性服装的发展做出了杰出的贡献。

一套套华服、一件件高级珠宝、一瓶瓶香水，多少美丽的事物是因女性而诞生，是女性的存在，让艺术有了鲜活的素材，让设计有了疯狂的想象。

今天的女性在穿衣上拥有更多的选择，甚至不必特意强调性别属性。她们的角色是多元的，她们的灵魂是自由的，就像钟爱祖海·慕拉（Zuhair Murad）的高级定制完全不会与钟爱Topshop（英国时尚品牌）的街头服饰相冲突。

每一位女性都可以成为任何自己想成为的样子，不被世俗定义，活出自己想要的人生。

纵观世界服装历史的演变，不论是东方还是西方，随着时代的需要，服饰的变化都遵循着由繁至简的规律。但我总觉得现代服装无论是面料、款式还是色彩都过于简洁，好像多缝一颗纽扣、多镶嵌一条蕾丝作为点缀都嫌累赘。

在全球工厂流水线式的生产方式下，由 T 恤衫、衬衣、牛仔裤等组成的现代服饰多少显得少了些别致的创意，在感官上似乎也少了些对极致的追求。

所以我格外喜欢富有民族风情的服装，比如苏格兰传统的格子裙、充满异国情调的巴伐利亚紧身连衣裙、用艾德莱斯丝绸做成的新疆服装、云南少数民族的刺绣、蜡染服饰、彰显华夏礼仪之邦的唯美汉服等。从这些传统亮眼的民族服饰里，我们能感受到前人饱满的设计激情和对美好事物的无限渴望。

时装的每一次创新都是一场革命，在爱与美的驱动下，我相信未来会有更多精彩的设计被呈现出来。

众所周知，世界四大时装周分别是纽约时装周、伦敦时装周、米兰时装周和巴黎时装周。时装周每年举行两届，其中九、十月发布下一年的春夏系列，二、三月发布当年的秋冬系列，时间持续一周左右。除此之外，高级定制系列和度假系列通常与成衣系列分开举办。

围绕时尚产业崛起的商业、品牌、文化已然成为一股不可忽视的力量。

例如，时尚博物馆的开放就是对时尚遗产的一种保护和文化宣传。走进位于巴黎的皮尔·卡丹博物馆、伊夫·圣罗兰博物馆、迪奥博物馆的瞬间，封存在记忆中的大师的身影仿佛一道道流星，带着刺眼的光芒，划过时空。

作为古典艺术殿堂的翘楚代表，卢浮宫于2025年首次举办了一场名为"LOUVRE COUTURE——Art and fashion：statement pieces"的高级时装展。在占地9000平方米的空间内，来自45位顶级设计师的71套绮丽高定服装与卢浮宫内的挂毯、雕塑、油画、家具等艺术品交相辉映，铸就时尚与艺术史无前例的极致美学。

再比如，设计师与艺术家的跨界合作便是提升品牌知名度的极好策略。1937年，温莎公爵夫人华里丝·辛普森（Wallis Simpson）穿着意大利设计师伊尔莎·斯奇培尔莉（Elsa Schiaparelli）和超现实主义艺术家萨尔瓦多·达利（Salvador Dali）共同创作的"龙虾裙"登上了*VOGUE*（《服饰与美容》）杂志。1965年，伊夫·圣罗兰（Yves Saint Laurent）推出了大名鼎鼎的"蒙德里安日装裙"，灵感就来自荷兰几何抽象派先驱蒙德里安的作品《红、黄、蓝构图》。

其间，将这种营销策略运用的最为成功的品牌当属路易威登（简称"LV"）了。2017年，LV与美国当代艺术家杰夫·昆斯（Jeff Koons）联名发布了"大师系列"。于是达·芬奇的《蒙娜丽莎》、鲁本斯的《猎虎》、提香的《战神马尔斯、维纳斯与丘比特》、凡·高的《麦田与柏树》等名画统统出现在了印有LV logo的包包上。

不仅如此，LV 还与村上隆、草间弥生等艺术家联名发布过许多具有收藏意义的火爆单品。包括 2025 年 1 月最新上市的"白三彩"系列。

我国经济飞速发展，在取得让世界瞩目的成就之余，已逐步摆脱了价格低廉、大规模生产的国际形象，科技影响力、品牌影响力大幅提升的同时，也让世界看到了中国新兴时尚产业的生命力。

上海时装周作为亚洲颇具规模及影响力的盛典之一，成功吸引了全国乃至世界时尚人士的目光，从媒体传播热度、搜索量、传播内容上可见魔都在引领全球时尚产业方面表现非常出色。

或许在不久的将来，五大时装周共建时尚版图的新格局也完全有可能出现。

东西方文化的不断交融与碰撞，让越来越多的西方设计师对中式元素不再抱有刻板印象，他们的创作灵感除了来自神秘的东方文化，还来自对中式美学的重新思考，使得设计呈现出你中有我、我中有你的交织感。

我们从 Giorgio Armani（乔治·阿玛尼）2025 春夏高级定制时装大秀中就可以看到很多中国元素的运用。

流光溢彩的绸缎礼服、镶满彩色水钻的中式开衫、刺有荷花纹样的水钻流苏半裙，还有轻盈的薄纱长裤等，可谓是美轮美奂。

阿玛尼老先生将自己对传统水墨画意境的理解完美地融合

进创意中，这一件件高定时装已不再是华美的衣服，而是传递着优雅、从容的高级艺术品。

我国向来不缺高级定制的技艺以及市场。近年来，中国高定设计正以前所未有的破竹之势绽放于世界的舞台之上，虽然在时尚领域，我们依然生活在他人的话语体系下，但并不妨碍千千万万个有创意、有胆识的年轻人正在改变着时尚界的格局，比如劳伦斯·许、郭培、兰玉、熊英、赵卉洲、马凯等卓越的设计师们。他们以全新的姿态点燃艺术之火，谱写着独属中国设计师的辉煌篇章。

我所理解的时尚不仅是一场华丽的大秀或者穿搭技巧，它更是一种生活态度，通过自己的方式向人们传达某种人生理念。

"时尚"这个字眼除了带给人们光鲜浮华的无限联想以外，回归设计本质，突破自我限制才是时尚原本的精髓所在。

2024 年，巴黎高级定制时装周中，最有趣的设计当属来自孟买的拉胡尔·米什拉（Rahul Mishra）的春夏高定系列。设计师将这一系列命名为"Superheroes（超级英雄）"。

品牌延续着一贯的流光溢彩，华丽的面料在大面积蜻蜓、蜜蜂、蝴蝶、蛇、壁虎等动物元素的点缀下显得意趣盎然，高超的刺绣工艺让惟妙惟肖的蜻蜓仿佛"飞"到了纱裙上。

Rahul Mishra 用自己独特的设计提醒人们去思考，在现代工业化浪潮的席卷之下，我们应该以何种方式与大自然中的生物和谐共生。

他在后台曾说："现在的孩子们从书本上了解它们（动物），

未来他们也许只能在科学实验室的培养皿中看到它们了。"

同样的，被诟病的还有那些昂贵的动物皮草、稀有皮包。也许真如设计师所言，在许久的未来，我们只能在实验室里看到那些习以为常的动植物标本了，真到那时候人们再去反思，会不会为时已晚？

唐·汤普森（Don Thompson）所著的《奢侈品经济学》一书中列举了大量数据阐述服装业造成的污染。其中，他提到"石油工业是世界上污染最严重的行业。时尚行业及其相关的纺织品生产则是污染第二严重的行业。时装生产每年排放12亿吨温室气体，超过国际航运和海运排放的总和。每一秒钟，我们的世界都会有一卡车的衣服被丢弃在垃圾填埋场。纽约市估计，每年扔进垃圾填埋场的衣服有9万余吨。"而时尚产业对环境的影响并不像石油工业那样引人注目，如果对此毫不知情，你一定不会把时尚产业与污染挂钩。

还有一组数据更让人震惊。"牛仔布是对环境不友好的一类时尚产品。每生产一条牛仔裤，耗水量高达7000升。每年生产的20亿条牛仔裤则需要170万吨化学品。"在人手一条牛仔裤的今天，想要完全避免不穿牛仔布制品真是个难题。

看到这些数据之前，人们可能不会意识到时尚产业对环境造成的问题已经达到如此严峻的程度，即使知道了，愿意为可持续发展买单的消费者和设计师也并没有想象中的那么多。

比起"环保"这个话题，"八卦"更能引起人们的兴趣。不过，当我们开始关注这个问题时，就已经是一大进步了。

无论世间繁花似锦还是低迷萧条，詹巴迪斯塔·瓦利（Giambattista Valli）的秀总能让人掉入浪漫的花海间，忘却人间烟火。

在其 2024 年春夏高定系列中，我们能看到鲜活的玫瑰夹杂在模特的发束中，层层堆叠的黑白褶皱薄纱将拖地裙摆渲染得飘然若仙，庞大的泡泡袖及落肩设计衬托出宫廷复古气质，模特们犹如含苞待放的花朵缓缓地在 T 台中绽放。Giambattista Valli 从不吝啬于使用鲜艳的色彩及夸张的廓形剪裁。

短暂的 15 分钟内，在神秘的背景音乐环绕下，你需要屏住呼吸，仔细观看，哪怕漏掉一个精致的细节，都会后悔莫及。

花朵的绽放与凋零仅需一瞬间，却完美地诠释了宇宙生命的奥秘。我们无法代替大自然主宰生命，更无法让逝去的生命重生。这位就读于伦敦中央圣马丁学院的意大利时装设计师用他对时尚的热爱向所有人呼吁：世界需要浪漫，世界需要激情，而这份浪漫与激情就是生命的源泉。

经典的秀是值得反复观看的。我鼓励大家多看时装秀，看秀是培养审美、积累灵感的绝妙方式。因为职业的原因，很多人无法去现场看秀，那么在 Bilibili 网站等平台云看秀也不失为一个好选择。

实际上，每场秀的时间很短，一般在 20 分钟左右。在屏幕前，你可以从多个角度欣赏服装，也许比身处现场更能捕捉到细节之美。相较之下，这实属无奈之举，如果能去现场身临其境地感受秀场内外的氛围，自然是最佳选择。

时尚的力量曾被低估、被误解。你无法用一个词来定义时尚，它太多变，发展太迅疾。也许激情与创意的彼此交融，实用主义与概念主义的矛盾共生，流行与经典的循环往复才是时尚的内核吧。

我们热爱时尚的本质是热爱生活，热爱艺术，拥抱独特，拥抱多元。

时尚的先锋精神赋予了我们敢于与众不同的勇气、独立自主的人格，以及执着于梦想的恒心。在变幻莫测的世界中守住初心，不盲目跟风，不轻易妥协，找到自己的位置，才能创造出属于自己的精彩人生。

穿搭小秘籍

世界上的颜色千千万，没有丑颜色，只有搭配不好的颜色。想想你平日用在穿搭上的时间有多久？30秒？1分钟？还是从来不思索。生活的轨迹平平淡淡，才更需要色彩的装点。

穿搭高手的秘诀是什么？扬长避短才是穿搭的精髓所在。

适合你的一切元素，都可以尝试，也只有你最熟悉自己身材的优势和短板。苹果形身材的姑娘可以选择宽松的上衣搭配紧身的裤子，梨形身材的姑娘则可以选择修身的上衣搭配宽松的下装。

穿搭强调整体的协调，如果想要全身看起来低调有质感，可以选用邻近色进行搭配；如果想要彰显个性、活泼的一面，对比色和互补色就是最好的选择。例如深浅对比、鲜艳的和淡雅的作对比、大面积和小面积对比，这些原则都可以搭配出你想要的效果。

平淡的时光不是偷懒的借口，日常通勤也可以光彩照人。相信每个上班族姑娘的衣橱里一定都有经典的黑白灰色系的衣服，职场穿搭必备的黑白灰色系简单、百搭又不会出错。

虽然这三个色系高级又耐看，但实际上，它们非常考验面料的质感。没有质感的面料组合在一起，只会让衣服看起来很普通。比如一件桑蚕丝的白衬衣搭配纯羊毛精纺黑西裤的质感，就要好于同色系化纤面料的衬衣和西裤。

尊重不同场合的着装礼仪

我们在不同的社交场合应该遵循不同的着装礼仪。但不论什么场合，大方得体、干净整洁是着装的核心原则。

国家统计局发布的经济运行数据显示，我国 2024 年全年国内生产总值（GDP）达 134 万亿元，稳居世界第二大经济体。随着中国在国际舞台上扮演着日益重要的角色，学习一些国际礼仪对于年轻人来说是大有裨益的。说不定在未来的某天，你就会收到来自重要人物或者品牌的邀请出席晚宴。

那么在重要的场合如何表现得举止优雅，就是一门学问了。

一般活动的请柬上都会注明 Dress code（着装规范），请大家务必留意。

请柬上如果标明"白领结礼服（White Tie）"，就意味着这是一场最正式的晚宴或者典礼，例如皇家庆典、授勋仪式、国事活动等。"白领结礼服"是最高级别的宴会着装要求。

男士要求穿燕尾服（Tailcoat），搭配白衬衫、白色马甲和白领结，对应的女士要求穿长及脚踝或者拖地的晚礼服（Long Gown），这里的礼服可以选择盛大隆重的款式。

切记，女士不可穿短裙或者裤装。

而"Black Tie"即为"黑领结礼服"，适用于晚宴、舞会、红毯、颁奖典礼等级别较高的场合。男士要求穿无尾礼服（Tuxedo）搭配马甲或者腰封，黑色的礼服鞋，佩戴黑领结。女士可以选择长及脚踝的晚礼服。

注意，男士请佩戴"黑领结"，而不是"黑领带"。曾经有很多人都误解了"黑领结礼服"的真正含义，在活动现场陷入尴尬的境地。

"Cocktail dress""Semi-formal"即"鸡尾酒礼服""半正式礼服"，适用于婚礼、生日派对等普通的宴请场合。

相对于以上两个场合，这个更符合人们平时的需求。男士要求穿深色西装，女士则可以穿短款小礼服或是套装。

最后一个就是我们平时最常见的"Business formal"和"Business casual"，即为"商务正装"和"商务休闲装"。

商务正装适用于大型会议、谈判、签约等正式的商务场合。男士要求穿西装、西裤、衬衫、皮鞋，打领带。女士则可以选择职业套裙、衬衫、西裤。

商务休闲装的选择范围就很广泛了，衬衫、休闲西裤、连衣裙都是不错的选择。不过，这种场合还是尽量避免穿牛仔裤，那样会显得过于休闲。

我们出席这些特殊场合不仅要穿得得体，更要穿对，这样才能从容地享受社交带来的乐趣。

以上是我整理的几种 Dress code 的含义，希望对你有用。

出席剧院的音乐会或者欣赏歌剧、芭蕾舞剧时，着装高雅是第一选择，观众的着装礼仪表达了对表演者的尊重。虽然大多数国家的剧院对着装没有明确的要求，但穿背心、短裤、拖鞋进场显然是不合适的。

观看演出时切勿用手机拍照或者录像，否则会有工作人员用红色的激光笔提醒你。

鼓掌的时候请避免掌声过大，持续过于响亮的声音会打扰到邻座的观众。由于乐章间会有短暂的停顿，也应避免在乐团未演奏完就鼓掌的行为。

出席重要的会议、商务洽谈等正式场合，一套剪裁得体的西装套裙或者衬衫加西裤更能展现出你的专业态度和干练的风格。商务场合不适合穿过于休闲的服饰，如超短裙、T恤衫等，这样会显得极其不专业。

出席婚礼、仪式等庆典活动时，要提前了解活动的性质，注意自己的角色定位，分清主次，切不可喧宾夺主。

最后，守时是任何社交场合中最基本的修养，大到国与国之间的外交，小到一顿晚餐，是否守时可以体现出对他人的重视程度。

约会时，可以提前 10 分钟到，尽量不要迟到。吃饭的时候频繁看手机、回信息、打电话也是不尊重对方的行为。

这些微不足道的小细节最能体现出一个人的涵养和素质。在社交越来越重要的今天，我们尊重对方的同时，也是在尊重自己。

每个女人都是好"色"之徒

张爱玲曾在散文《童言无忌》中写道："对于不会说话的人，衣服是一种言语，是随身带着的一种袖珍戏剧。"

张爱玲的清冷与敏锐像一枝孤傲的白玫瑰，遗世而独立。世人皆知她才华横溢，7 岁便能写小说，完成《沉香屑·第一炉香》《沉香屑·第二炉香》《倾城之恋》等精彩的中篇小说时，她也才 23 岁左右。

其实，除了民国当红作家这个身份以外，她还是个对时装有着狂热迷恋的女性。别忘了，当年她可是以"奇装异服"而闻名，虽然这些"奇装异服"放到今天来看再正常不过，可在当时的风气下，实属很特别了。

张爱玲喜欢穿旗袍，她很多旗袍的细节和版型都是根据自己的想法改良过的。在色彩上，她也毫不避讳地使用"红配绿"等高饱和度的颜色来传达自己的审美。

她曾亲自设计服装，为好友炎樱的时装店写过软广，为弟弟张子静办的刊物画过插画。如果她生在现代，没准又会多一个身份——服装设计师。

张爱玲是真实的，我行我素的。

有人说她是为了拿到永久居民身份才与大她 29 岁的美国人赖雅结婚的。作为一个与她相隔近百年的女性，我不是张爱玲肚子里的蛔虫，也无法考据此事的真实性，但我愿意相信，孤傲聪颖如她，断然不会将自己的真心草率地交于一人。就像她给朋友的信中所写的那样："我结婚本来不是为了生活，也不是为了寂寞，不过是单纯地喜欢他这个人。"

爱情没必要跟任何人解释，就像穿衣一样。

自由地穿自己喜欢的款式、喜欢的颜色，别人怎么看，不重要，也控制不了。

如果把张爱玲的穿搭风格比作一颗浓烈的红宝石，那么林徽因的风格就是一块莹润淡雅的羊脂玉。

林徽因比张爱玲大 16 岁，这两位民国佳人的命运结局虽截然不同，却在对美和艺术的追求上有着极高的相似之处，在对服装的理解上更是秉承着相同的理念——独特、洒脱。

除了旗袍，林徽因还经常穿裤装搭配简洁的上衣，善用项链、耳环、丝巾、帽子、围巾等配饰为整体造型增添一抹温婉与俏皮。在衣服颜色的选择上，多以素净的色调为主。

关于林徽因的穿搭还有一则趣事。1928 年，林徽因和梁思成在加拿大领事馆举办婚礼，由于买不到中式婚服，于是她自己设计了一件与众不同的中式礼服。从留下来的老照片看，头冠两侧垂下的披纱设计彰显了她独特的东方魅力，让人眼前一亮，据说，在当时还引起了很多外国媒体的关注。即使现在看，这个披纱的设计也不会跟任何一件礼服撞衫。

都说认真工作的男人是最帅的，这句话放在专注于自己事业的女人身上，也再合适不过了。原生家庭带来的伤痛、婚姻生活的琐碎以及世间的流言蜚语和病痛的折磨都没有将这两位独立、自强、爱美的佳人击倒。将命运攥在自己的手里，活得通透，活得无憾，便是"人间最美四月天"。

2026年流行什么色？"果冻薄荷色"？"琥珀雾色"？还是"电动紫红色"？"变革蓝绿色"？其实，古人和我们一样，也有自己的流行色。

汉朝流行菖蒲紫，唐朝流行金黄色、石榴红，宋朝流行墨黑、茶色，元朝流行宝蓝色，明朝流行银红色，清朝流行雪白、翡翠色。

我本人最喜欢唐朝女子的服饰，拖地长裙、轻若鸿毛般的薄纱、上窄下宽的样式，色彩丰富，空灵缥缈。从唐朝画家张萱的《捣练图》《虢国夫人游春图》到周昉的《簪花仕女图》，再到佚名画家创作的《宫乐图》，无不展现了一个民风开放、兼容并蓄的大唐盛世。

现在，我想跟大家聊一聊粉色。

粉色，不像红色这么炽热奔放，也不像白色那般宁静克制，它更加纯真，更加浪漫。

女人骨子里永远都爱这一抹优雅的粉。

不知从何时起，粉色成了被大众嫌弃的对象，尤其是芭比粉，被冠以幼稚、不成熟、装嫩的头衔。看看自己衣橱里衣服的颜色，就知道粉色是有多么被人们排斥了。

甚至很多 40 多岁的女性朋友们不敢穿粉色，生怕被别人说，你已经过了穿粉色衣服的年纪了。

诚然，粉色的衣服既挑人又挑肤色，穿不好，会给人一种很俗气的印象。实际上，粉色系家族里有很多既不挑人还抬气色的颜色，如裸粉、蔷薇粉、烟灰粉等。粉色还可以和白色、金色、银色、蓝色、绿色、裸色一起搭配，出众又时髦。

秀场即指南。

黎巴嫩著名高定品牌艾莉·萨博（Elie Saab）和祖海·慕拉（Zuhair Murad）的 2025 年春夏高定大秀就运用了大量的裸粉、玫粉、珊瑚粉色系来呈现品牌华丽柔美的风格。而另一个我钟爱的亦来自黎巴嫩的高定品牌——乔治·霍贝卡（Georges hobeika）2025 年春夏高定系列同样使用了经典的浅粉色系来表现品牌充满异域风情、仙气飘飘的奢华设计。

大秀上展示的细节，如刺绣、钉珠、亮片、流苏、配色、款式都值得我们借鉴。所以，粉色系服装搭配的关键，在于面料的质感和衣服的剪裁，穿对了，让你一秒变身童话中的女神，高级又妩媚。

如果你认为粉色是专属少女的颜色，那就大错特错了。英国女王伊丽莎白二世每次访问世界各地都会成为耀眼的存在，不仅仅是因为其女王的身份，还因为她是一位特别的时尚 Icon

（偶像）。

由于她身形较小，她的造型师就想出了一个绝妙的点子，那就是让她身穿鲜艳的套装，戴上浮夸的同色系帽子，这样即使在上千人之中，她也会因为身上的色彩成为最受瞩目的那位。

这个90岁高龄的老太太因为经常身着五颜六色的套装，被大家称为"彩虹奶奶"。而在这些鲜艳夺目的套装中，她就曾穿过很多套色彩明亮的粉色系毛呢套装，如玫粉色、橘粉色、裸粉色的套装等。

搭配钻石胸针和珍珠项链，显得女王容光焕发、高贵活泼，每个造型都堪称经典。

现实生活中的我们不是伊丽莎白女王，也没有女王强大的造型师团队，但她老人家的穿搭还是值得我们借鉴的。大家可以巧妙地借助珍珠项链、胸针、丝巾、帽子等配饰，给活泼的粉色系增添几分庄重。

粉色适合任何年龄段，你永远可以选择做自己世界的女王、女神和公主。当我们随着岁月蹉跎老去时，希望也能如女王般优雅得体，做一个时髦的"彩虹奶奶"。

粉色是所有女性深埋在内心的少女色，但粉色不该与"幼稚"画等号。相反，它是一个有生命力的、绚烂的颜色。

顺着记忆的脉络回首往事，我发现好像在那些人生中重要的高光时刻，都有粉色系战袍的陪伴。果然，它是能带来好运的颜色。

在由色彩构成的缤纷世界里，粉色也能爆发出大能量！

小单品，大作用

巧妙运用时尚单品会为你的整体造型加分。

根据自己的脸型戴一副适合你的墨镜，无疑是提升气场的最佳选择，无论是酷帅的黑色墨镜还是鲜艳的彩色墨镜，都能彰显出自信的气质和神秘的感觉。

生活中，很多姑娘偏爱中性色穿搭，虽然高级、百搭，但容易给人留下单调无聊的印象。这时候，大胆运用绚丽多彩的配饰，如耳环、项链、胸针和戒指，就能为中性色系穿搭增添不少魅力。

例如，硬朗的金属材质的耳环、项链与柔软的针织衫搭配在一起，就可以起到平衡整体 Look 的效果。

想要摩登感十足，就要从"头"开始。超级时髦 Girl 怎么能放过头饰和帽饰的装扮呢？

发箍是修饰发际线和显脸型的神器。精巧的发箍能让你在打理好发型的同时，增添一抹复古韵味。

切记头部装扮要有重点，过于繁杂的发饰会让人眼花缭乱，起到画蛇添足的效果。

给你的晚礼服或者是长裙搭配一双长手套吧。

纱质、皮质、丝绒质地的长手套会给整体造型加分不少。黑色长手套是首选，百搭不会出错，同色系长手套亦能突出礼服的复古感与迷人。

你可以站在镜子前，对比有长手套和没有长手套加持的礼服的上身效果，差的可不是一点点。别担心那会让你看起来过于隆重，优雅永不过时。

聊到穿搭，始终逃不过的话题当属包包了。

What's in my bag ？下面是我的翻包日记。

我的包包里一般会放手机、口红、粉饼、创可贴、碘伏棉签、消毒湿巾、镜片防雾湿巾、钱包、墨镜、护手霜、香水小样、随身手帕纸。

不知道你的包包里又会藏着什么小秘密呢？

还记得那些年大家一起买过的 Chole（蔻依）小猪包、Celine（赛琳）笑脸包、YSL（圣罗兰）风琴包、Givenchy（纪梵希）小鹿包吗？随着流行的逝去，它们大多被慢慢淘汰，变成了"时代的眼泪"，在二手市场低价转卖。

有一次刷朋友圈，我无意中看到二手商家发的图片里竟然出现了自己 4 年前卖掉的两只包包，心里多少有些五味杂陈。如果包包会说话，它们也许会和旁边被迅速卖掉的包包说："不急不急，安静地休息几年也挺好"。

设计师每一季都会推陈出新，潮流永不停歇，在这里也跟大家分享一些选包小建议。

从皮质上看，如果想选择一个基础款的包，我比较推荐牛皮材质。小羊皮不耐磨，容易被刮花，通勤上下班还是以方便、耐用为主。牛仔、编织、亮片等材质的包可以作为补充选择。

从尺寸上来说，不推荐小个子女生背过大的包，大尺寸的

包会压个子，视觉上也显矮。

从款式上来讲，经典款的包包兼具百搭和保值这两大要素，是时尚女孩的不二之选。每个人的气质和风格都不一样，买包嘛，最重要的还是选自己喜欢的。

但是包包再贵重，也只是配饰。过于注重包包所带来的感觉，会忽略衣服、鞋子所发挥的作用，使穿搭变得"头重脚轻"，让整体造型失去协调性。

橱窗，作为一个品牌的门面担当，肩负着吸引消费者和展示品牌独特格调的重任。有时候，人们仅仅会因为精美绝伦的橱窗设计和展示氛围而想进店一窥究竟。奢侈品牌作为资金雄厚的代表，在橱窗的创意呈现上最有发言权。

我喜欢在逛街的时候观察各大品牌的橱窗设计，包括店铺里的灯光明暗、物品陈列的位置，想来这些都是有讲究的。

通过不同风格的橱窗展示，你可以感受到品牌向大众输出的美学概念和有趣的创意组合。

电影《蒂凡尼的早餐》里，赫本穿着纪梵希黑色礼服，咬着面包，望着橱窗里的钻石手镯的场景已经成为时代经典。她看见的也许不只是华丽的钻石，还有蓝色橱窗背后带给人们对美好生活的向往。

我有一件心爱的时尚单品就是当年逛街的时候一眼在橱窗里相中的。那是一只 LV 与意大利品牌 Fornasetti（福纳塞蒂）联名发布的 Keepall 旅行袋。Fornasetti 的家具和家居用品充满了艺术气息，风格独特，非常有辨识度。

它被陈列在明亮、柔和的光线下，看到它的那一刻，我就知道这个旅行袋写着我的名字。

那一季中，女装创意总监尼古拉·盖斯奇埃尔（Nicolas Ghesquière）将古希腊、古罗马的雕塑艺术元素与 Fornasetti 工作室的手绘图案相结合，在经典的 Monogram（字母组合）纹饰的映衬下，所有的包包、服饰都散发着古典与酷炫的气息。

多年过去了，这只印有古罗马雕塑图案的旅行袋陪着我走过了很多城市。对于出差旅行中的我来说，它比 Speedy 系列更实用，也比老花款多了一丝趣味性和艺术性。

陪伴我们的包包，用得越久，越能沉淀出岁月的格调。

记得上大学的时候跟同学 S 聚餐，席间我们聊到了包包。

我问她："你觉得我们什么时候能实现包包自由？"

她想了想，淡定地转头冲我一笑："不用着急，三十岁的时候你一定会拥有那些喜欢的包包。"

我当时对她笃定的态度很是惊讶，不知道她为何会如此相信那时候的我，但我很感谢当年她对我说过的这番话。"不用着急"，这简短有力的四个字是未知岁月里踏实的小确幸，也让我在浮躁的大都市里给自己吃下了一颗定心丸。

买包自由并不是要把全世界所有大牌包包都收入囊中，而是从容、自信地在能力范围内拿下自己喜爱的包包。

在这里，我也把这四个字送给正在读这本书的你，我们不负青春，不负热爱，那个埋藏在你心底的愿望清单终将会在最好的年华以恰当的方式慢慢向你展现。

穿搭这件事是为了取悦自己，全身堆满大牌并不意味着好看，那样往往显得用力过猛。一旦设置了身上不超过三种颜色之类的标准答案，穿搭就不是一件随心所欲的好玩的事了。

当一个人的审美意识觉醒了，人人都能找到属于自己的风格。新中式、法式、美式、复古风穿搭在每个人身上都会展现出不同的风情。在经济条件允许的情况下，我相信大家都能成为优秀的设计师，把"自己"这件作品打造得别具一格。不给自己设限，是我对人生的态度。

每天早晨上班前，请多花五分钟看看镜子里的自己是否衣着得体。久而久之就能培养出快速搭配服装的技能和独到的眼光。

千万别小看办公室里那位衣着优雅的女性，随着时间的流逝，只有极强的自律和自爱才能使她在百忙之中仍然可以保持好身材和精致的容颜。

有人会说我平时真的很忙，经常熬夜加班，哪有什么闲情逸致再去照顾自己的身材和脸，更别提花心思穿搭了。但我想说，每晚回到家你总有时间好好洗脸吧？再多花个十分钟敷一张面膜、手膜并不会增添多少麻烦，即使在刷手机的时候也可以用艾草药包泡个脚，放松下一整天的紧张心绪。

站在镜子前微笑两秒，在内心赞美一下今天的自己，不会让你上班迟到；吃完午饭后多走半小时，并不会耽误整个项目的进程；晚饭少吃一点主食，多吃些粗粮和蔬菜，也会让你有满满的饱腹感。

生活节奏快，但我们的心态不能乱。"天道酬勤"这个词经常用来激励人们的事业和学业，可是在变美和变得更好的路上又何尝不需要天道酬勤呢？

今天没有约会，只是普通的一天，但你一样可以为自己穿得漂亮！

拥抱健康体态，开启元气人生

我们经常会听到人们夸赞这个人很有气质，这里的气质指的就是整体的仪态。当代年轻人大多坐在写字楼里办公，一坐就是一整天。伏案久了，背部肌肉无力，就容易驼背，脖子也容易前倾，严重的会导致腰肌劳损。

含胸驼背的仪态让整个人显得尤为无精打采。而大多数时候，我们并未有意识地关注过自己在生活场景中的体态。

有一天开车回家的路上，我顺手打开广播，电台里正播放着养生话题的节目，于是我饶有兴趣地听了下去，没换台。

从医生和主持人的对话里，能了解到现在很多都市年轻人都被腰肌劳损这个常见的慢性病所困扰。在这里，我把医生分享的缓解腰痛的小窍门分享给大家。

第一，多喝水，强制让生理感觉逼迫自己站起来去洗手间，这样你就不会一坐一两个小时不起来运动。第二，拿重物的时候尽量靠近自己的身体，不要离得太远，避免扭伤。

这两个方法看似简单，办公的时候，有意识地去做，就能缓解腰部肌肉疼痛。其实任何一种动作，做久了，对身体都不好。

最实用也是经常被提到的一个保持体态的小妙招就是贴墙站立。随时随地，只要你想，就可以在家贴墙站，在办公室贴墙站。每次不用站很久，一两分钟即可，主要是起到提醒你挺直腰杆的作用。

你还可以让家人或者朋友帮你拍一段自己走路的视频，这种自然状态下的走路视频，最能看清问题。看看视频里的自己，走路是否驼背，脖子是否前倾。

大家也可以在网上买一个"十字架形体棍"，在家空闲的时候，利用形体棍来矫正驼背。

睡觉的时候尽量平躺。我知道这对于睡觉喜欢翻来覆去的朋友来说真的很难，但经常朝一侧睡，会使那一侧的眼袋、泪沟和法令纹加深很多。长期下来，会导致左右肩膀比例失调，左右脸型不对称。

即使现在的医疗美容技术很发达，可以做到精准去皱、去眼袋，但如果能避免比例失调等情况，何乐而不为呢？

跟着视频跳健美操，也是保持良好仪态的实用办法之一。

都市生活节奏快，选择到健身房健身不是因为懒坚持不下去，就是没时间去；到公园跑步，算上路程，也费时间。这时候，打开手机或电视，跟着健身博主跳二十分钟的减脂操就是最方便也是最节约时间的燃脂运动了。

不要小看跳操，如果你按照视频里博主的要求做到位，超级暴汗。跳完操再拉伸一下四肢，放松下肌肉，感觉距离理想中的身材又近了一步，成就感满满。友情提示，刚开始练习的朋友大可不必一上来就做高强度的运动，循序渐进，慢慢进入状态，避免膝盖和其他部位受伤。

2024 年大年初一，贾玲成功减肥一百斤的热搜刷屏了。有人在评论区说："感觉瘦下来的贾玲没有喜感了。"

但其中一条回复："胖的时候取悦别人，瘦的时候取悦自己"，获得了十九万的点赞量。

一个人能减下一百斤需要何等的毅力、坚持和付出啊，我们在花絮里看到贾玲训练的镜头只是她努力过程中的万分之一，还有更多她挥汗如雨、筋疲力尽的时刻我们不曾看到，也无法想象。

为了目标拼尽全力、无怨无悔才是热辣滚烫的人生。

产后体重大幅增加的我，有段时间陷入了身材焦虑，要说完全不在意形象是假的。两年多来，我没有给自己买过什么时髦的服装，而所有衣服的尺码也从 S 变成了 XXXL，看着镜子里陌生的自己和衣柜里挂满的时尚衣裙，我的心里充满了忧郁、无奈。

我知道这意味着自己必须花很多时间和精力在恢复身材上，于是我给自己制订了一个瘦身计划。

首先调整饮食结构。停掉我最爱的甜点，中饭多吃蔬菜、高蛋白的食物，减少碳水的摄入，用粗粮代替米面当主食。吃沙拉的时候，我喜欢倒几滴巴萨米克（Balsamico）葡萄酒醋，它是一种产自摩德纳的香醋，质地浓稠，酿造工艺独特，酸甜交织的奇妙口感让"吃草"变得美味又享受。

晚饭则尽量少吃，用高纤维的食物提升饱腹感。日间选择含糖量低的水果。其间多喝水，喝零脂零糖无添加的酸奶。晚上带着饥饿感入睡。

其次，管住嘴，迈开腿。我每周都会抽出几天到公园里快走或者慢跑，坚持下去，就能有很大的成效。运动的时候，我一般会选择听能量感、节奏感十足的歌曲，有助于持续动起来。

每完成一个阶段性目标，我就会给自己一些小奖励，比如去喜欢的餐厅饱餐一顿，或者点一杯果茶开心一下，这样反而有助于完成长期的计划。

最后，就是100%坚持执行以上原则。坚持每顿饭只吃七分饱，坚持每周至少运动三天。

五月的一个清晨，依照惯例，我站在体重秤上，惊讶地发现秤上的数字与期望的体重相差无几时，开心极了。那些被汗水打湿的运动衫、运动裤，在深夜里忍耐着饥饿的日子，都是我在瘦身路上克服惰性的最好证明。

所谓的回不到以前的身材，更多是在为自己的懒惰找借口。人生不可控的因素太多，在漫长而又充满未知的将来，我们一定会感谢现在努力付出的自己，感谢时光荏苒，依然保持清醒和自律的自己。

第二章

风格在我心

时尚所表现的东西不会持续，风格才会。但风格得尾随着时尚才能存活。

——卡尔·拉格斐（Karl Lagerfeld），德国服装设计师

中学时代，在我还对流行趋势和服装风格一知半解的时候，五道口服装市场就是我们这帮爱美姑娘的潮流胜地。

它最早坐落在四环与学院路交界口的东北角，后来搬到了金码大厦，一共四层。2004 年到 2007 年是五道口服装市场的全盛时期，不论是工作日还是周末都有很多学生光顾这一家家主打韩范儿的狭小的店铺。

跟热情的老板经过一番讨价还价后拿下一件 50 元的 T 恤，再去逛逛二楼，跟小姐姐磨半天，拿下一条 100 元的碎花半裙。几件"战利品"被塞进了花里胡哨的塑料袋里，只要还能拎得下，就接着继续逛。

偶尔可见打扮时髦冷艳的店主坐在小格挡里刷着韩剧，吃着凉皮儿，你要是和她讨价还价，她会礼貌并冷漠地回复你一句："不还价"。

2019 年 1 月 30 日，五道口服装市场在寒风凌厉的冬天正式闭市。一楼那些卖我最爱吃的糖葫芦和山药豆的小摊位也随即消失了。一夜之间，这个藏着无数学生青春回忆的胜地就这么被画上了时代的句点。

取而代之的是淘宝、京东等电商的崛起和老佛爷百货、SKP等豪华商场的到来。据悉，早在 2019 年，SKP 周年庆活动期间的单日销售额就高达 10.1 亿元，此后稳居内地高端百货第一名。伴随着奢侈品在中国的畅销，SKP 成为名副其实的"中国店王"。

从初中起，妈妈每个月都会带着我在街边的报刊亭买几本时尚杂志。VOGUE（《服饰与美容》）、《时尚 COSMOPOLITAN》、ELLE（《世界时装之苑》）、《时尚芭莎》，轮流着买，前几页的主编卷首语是我最喜欢看的。要说我家什么杂志叠得最高，必然是可爱的它们了。

中学时代买《时尚芭莎》，往往会附赠一些实用的小赠品，比如小镜子、化妆包等，20 元的价格维持了很多年。我到现在还记得高中课间班里女生传阅最广的杂志是日系风格的《瑞丽》和《米娜》。

一天中午闲来无事，想着整理下旧书，就从箱子里翻出了一本七八年前的《时尚芭莎》。翻着翻着，突然看到自己多年前买的 Carven（卡纷）半裙赫然出现在了杂志上。那条蓝色的半裙是 Carven2015 年秋冬推出的云纹印花系列单品。设计灵感来自在巴黎生活的伦敦女孩，尽显清新、自信。

当年在老佛爷百货看见它的时候，我就被惊艳了，店员说因为是走秀款，仅此一条。显然，对于我的身高来说，它绝对算是条"合格"的迷你裙了。

谈到迷你裙，就不得不提英国先锋设计师——玛丽·奎恩特（Marry Quant），她被时尚圈誉为"迷你裙之母"。"迷你"这

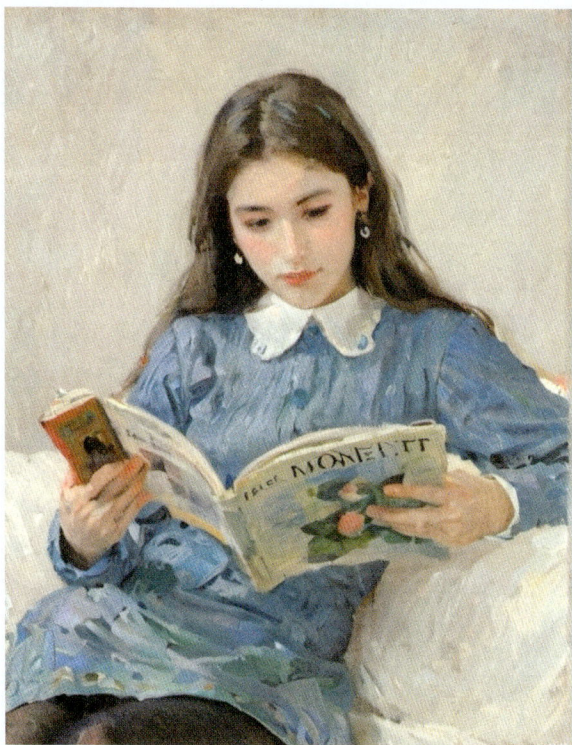

个词来自她的爱车"MINI Cooper"。巧的是，1955 年，奎恩特在伦敦国王大道开的第一家精品店的名字也叫"BAZAAR（时尚芭莎）"。

60 年代，迷你裙刚推出的时候，被很多人视为伤风败俗的装扮，甚至一些大咖设计师对奎恩特的设计表示鄙夷，还有人砸她的店，但这些都无法阻止年轻人对迷你裙狂热的迷恋。奎恩特凭借一己之力挑战整个社会的审美标准，掀起了一场风靡全球的时尚革命。

如今，迷你裙这个时尚单品依然活跃在潮流前沿，也成为打破传统、冲破禁忌的代表之一。2023 年 4 月 13 日，奎恩特在英格兰南部萨里的家中去世，享年 89 岁。

经典的设计永远不会过时，这条将近"10 岁"的印花迷你裙如今依然被我保存得很好。

对我来说，时尚杂志不是高高在上的存在，它贴近生活，但高于生活；它像一位有品味、有眼界的闺蜜，帮你搜罗全球最前沿的时尚讯息，仔细品读，你会发现它的魅力远不止精巧摩登的图片这么简单。

现在，随着数字媒体和社交软件的崛起，买纸质杂志的受众越来越少。抖音、小红书上的网红变成了年轻人的时尚 Idol（偶像），可当年就是这 20 元的时尚杂志成了我时尚品味的启蒙老师，更是我个人风格的灵感源泉。

数字时代虽然改变了纸媒行业，但我还是喜欢看纸质杂志，不伤眼睛，而且有真实的触感。

我的生活离不开时尚杂志，随手一翻，心情都变得愉悦了。最近刚好路过北京科技大学北门旁边的报刊亭，我发现《时尚芭莎》和 *VOGUE* 依然占据着黄金 C 位，一本已经涨到了 40 元。为了缅怀它们，我豪爽地向老板买了两期。

这份对时尚杂志的特殊情怀一直延续到我的大学时代。

SCARLETTE 是由 Ohio State University（俄亥俄州立大学）的学生自己创办的时尚杂志。作为杂志社的成员之一，我的很多美好的回忆都被珍藏进了这一页页纸里。

刚到 OSU 的第一个学期，我总能在校园里碰见一个蓝紫色头发的男生，即使校园面积非常大，在一众棕色头发的人群里，蓝紫色也是相当扎眼。

而我也从未想过就是这个特别的男生在日后推荐我走了人生中的第一场秀，还是开场秀。

他戴着一副黑框眼镜，着装能看出是精心搭配过的，跟身边背着 JINSPORT（杰伯斯）书包，穿着 Legging（紧身裤），匆忙赶下一堂课的学生比起来，显得非常与众不同。每次看见他，我都会在心里暗暗猜测他到底是哪个学院的。

缘分就是如此奇妙。一个阳光明媚的午后，我走在回宿舍的路上，正巧迎面碰上了他。他的目光瞬间被我腿上穿的那条 IZZUE（伊苏）铅笔裤所吸引，觉得很酷，当即掏出手机，为我定格下了那个略显青涩的街头瞬间。

就这样我们认识了，作为杂志社的主编，他邀请我加入了 *SCARLETTE*。

在杂志社的时光很有意思，像所有忙碌又充满热诚的年轻人一样，我们贡献过自己的创意，参与过举办时装秀、杂志内页图片的拍摄等一系列好玩的事，虽然经费有限，但精彩程度丝毫不亚于那些正式发行的杂志。

大四那年冬天，我只身一人去纽约，路上买了个街边两美元的 Hotdog（热狗）。小哥很热情，他一边熟练地把香肠夹进面包里，一边问我来纽约做什么，我说，去面试。他包好后开心地递给我说："祝你好运！"热腾腾的香肠混合着酸甜的番茄酱和酸黄瓜，在那一刻，无敌美味。

逛完了纽约大都会博物馆后，我正思考着要去哪里坐坐，偶然发现主编也在纽约，真是太巧了，于是我俩当即约好在一个街区会合。

那天，我独自一人走过了很多陌生的街区，偶尔路过一些治安不好的街区时，心里很是忐忑。直到拐进一条幽静的巷子，一家装修精致的 Vintage（古着）店铺随即进入视线，它像森林深处的小木屋般顿时抚平了我内心的惶恐。

尽管那家店铺面积不大，但里面的东西很多。我俩的购物热情立刻被点燃，一头扎进了服装堆里，兴致盎然地开始血拼。

淘着淘着，我发现了一件 Jean Paul Gaultier（让·保罗·高提耶）的棕色复古针织衫，前后印着一个时钟和朋克青年，极具神秘的叛逆色彩。当时，我激动极了，大师的作品啊，主编也认为这件针织衫超级有个性，非常适合我。

唯一美中不足的是衣服上的洗涤标识已经模糊不清，但这

这张作品来自好友 Lucas 当年给我拍摄的彩妆系列，在他帮我拍摄的众多出彩的作品中，有一张登上了 Vogue Italy 的官网。Lucas 的摄影风格极具艺术张力与创意。

个小瑕疵完全不影响我激情下单了这件 150 美元左右的针织衫。

　　每位时装大师都有自己独特的风格，Jean Paul Gaultier 也不例外。不论是 2007 年那场充满宗教色彩的以"圣母玛利亚的眼泪"为主题的春夏高定大秀，还是 2024 年英国设计师西蒙娜·罗莎（Simone Rocha）发布的以廓形和浪漫主义、哥特和朋克风为元素的春夏高定系列，我们都能感受到高提耶先生——这个时尚圈的"坏孩子"——的精神风尚。

勇于打破规则和旧秩序，不断突破自己，无论在任何时候都要做那个独树一帜的人，是他一生的行事准则。

每当穿上这件风格鲜明的针织衫时，我都会告诉自己，要像老爷子一样，撕掉别人给你贴的乱七八糟的标签，做一个特立独行的有力量的女性。

以前，我特别喜欢酷酷的风格。黑色的墨镜、帅气的马丁靴、经典的风衣和毛线帽是我秋冬常年的标配，我甚至觉得只有穿铅笔裤和马丁靴的女孩才是最有个性的。这样的风格，反映着青春期的叛逆和年少轻狂，喜欢与众不同。

可当我走到"30+"的年龄，经历的越多，越发意识到，一个人做的事很酷，有一颗年轻、勇敢的心，才是真的飒。所以，穿裙子的女孩也可以很酷，穿马丁靴的女孩也可以很可爱。

现在的我，更偏爱针织上衣搭配百褶裙，收腰的设计，看上去多了些温柔。除非超级冷的天气，只能选择穿羽绒服把自己裹成球，否则我还是更喜欢穿羊绒大衣。

H 型或者 X 廓形的大衣，保暖又有范儿，穿多少年都不会过时。搭配长靴，干练大方，彰显成熟女性的风姿。羊绒大衣是属于秋冬季节的战袍，寒冬腊月，要温度也要风度！

说回买衣服的原则，最重要的还是要适合自己的风格。切勿因为价格低廉或者促销就乱买一通，买了很多便宜的衣服，看似占到了便宜，实际上并不适合自己的风格，最后还是要被淘汰掉。

近年来，特别流行给颜色套上一个新的概念。比如"老钱风穿搭""静奢风穿搭""多巴胺、内啡肽、美拉德、格雷色系穿搭""松弛感穿搭"等等。当这些网络"热词"频频出现在公众号上时，乍一看还真不知道是什么意思。

可无论潮流的风怎么刮，网络热词怎么变，我们内心也得有一根"定海神针"。

就拿"松弛感穿搭"来说，它是由简约的配色和宽松的上衣、裤子组合而成。但这种风格放在我身上，就显得过于休闲了，那只会让我看上去松弛。而真正的松弛感是由内而外散发出来的，它需要一定的经济基础、一段丰富的阅历和一个自由的灵魂。

其次，选择面料舒适、质量过关的衣服。再好看的衣服，穿上扎皮肤，不舒服，都会让你坐立不安，显得不自信。道理很简单，是人穿衣，而非衣穿人。

身边的朋友总会纠结如何定期进行"断舍离"，好像刚自律了一阵子，又控制不住买一些可有可无的东西。

关于"断舍离"，我觉得要在心态上彻底转变，才能从源头上控制自己乱花钱。经历了一些人生关卡，自然知道现阶段最需要什么，最重要的是什么，就会控制住自己的购物欲，集中火力把钱花在关键的东西上，把时间花在有意义的事情上。而这种发自内心的克制，最不容易反复。

养成经常清理杂物的习惯，保持房间干净、整洁，经常通风换气也会使你的能量磁场得到净化、提升。精简过后的生活状态，会随着阅历的增长，变成你的个人风格。

我平时会定期整理衣柜，然后把不合适的衣服捐掉。经常整理衣服不仅能让衣柜腾出更大的空间，还能把旧衣服拿出来重新审视，换着花样搭配组合，新旧混搭也能穿出新鲜感。

极繁主义风格

从一个人的穿衣风格也能窥见她的家居风格。现在，让我们聊聊室内设计吧。

在设计风格上，与崇尚"Less is more"的极简主义相比，我本人可谓是十足的极繁主义推崇者。极繁主义（More is more）不是杂乱无序的摆设和冗余的堆积，而是大胆独特的混搭。

如果你不太懂极繁主义的风格是什么样的，看看前 GUCCI（古驰）设计师亚历山德罗·米歇尔（Alessandro Michele）在 2015—2022 年的设计风格以及当年成衣系列背后猛涨的销售额，你就会明白极繁主义的超级能量了。

在 Michele 任职的 8 年间，Gucci 的销售额从 36 亿欧元增长至 97 亿欧元，连续 5 年成为互联网搜索量第一的奢侈品牌，在 Louis Vuitton（路易威登）、Dior（迪奥）、Chanel（香奈儿）等一众奢侈品牌的围堵下，杀出重围，强势逆袭，造就了不可复制的商业奇迹。

如此精彩反转的背后也许是人们早已厌倦了极简主义的

克制与单调，急需色彩的碰撞带给大家视觉上的冲击和感官的振奋。

Valentino（华伦天奴）2025 春夏巴黎时装秀是 Michele 执掌 Valentino 后的首秀，由于极具个人风格，发布的 170 多套 Look 甚至被网友调侃："有一种 Valentino 被 Gucci 贴牌的感觉。"管他是 Valentino 还是 Gucci，Michele 把他从艺术、自然世界、哲学、电影里汲取的灵感化作极繁主义美学，带给大家的华丽视觉盛宴才应该是被关注的重点。

就像 2022 年，他离开 Gucci 时在告别信里所写的那样："愿你们继续培育你们的梦想，那微妙而无形的东西，让生命有意义。愿你们继续用诗意和包容的意象滋养自己，保持对自己价值观的忠诚。愿你们永远活在激情之中，被自由之风所推动。"

中法建交 60 周年之际，法国艺术家让·弗朗索瓦·赫奇耶（Jean-Francois Rauzier）的大型个展"浩瀚印象"于北京凤凰中心举办，去参观过的朋友们一定都惊叹于赫奇耶的浩瀚摄影技术和对唯美色彩的掌控力。

他的作品是典型的极繁主义代表。我在逛展的时候，甚至听到旁边的阿姨对自己的小孩说："天啊，我的密集恐惧症都要犯了！"

我最爱的一幅作品是吉维尼系列的《树》，长达近 7 米的巨型树干上层层叠叠地堆满了成千上万朵玫瑰、鸢尾花、百合、郁金香，还有很多我叫不出名字的花。

转瞬即逝的花朵和生生不息的树木形成了鲜明的对比，传递出大自然纯净的美好和蓬勃的生命力。不难想象，如果把这些绚烂的作品放到办公空间或者家里，心情该是多么喜悦和畅快啊。

从建筑设计到家居装饰再到个人审美，那些由饱和的色彩、繁复的图案和复杂多元的结构带来的戏剧性美感仿佛一串神秘的符号，吸引着我去解锁。试想一下，如果在纽约大都会艺术博物馆慈善舞会（Met Gala）上，众明星都穿着极简主义风格的礼服，这场盛宴还有什么看头？

我虽然崇尚极繁主义，但并不意味着我会排斥极简风格。

妈妈平常在家最大的爱好就是捯饬屋内的摆设，而愿意不厌其烦地给她意见的那个人就是我。

大约 6 年前，从毛坯房到入住，从采购到监工，90% 的装潢都是妈妈独自一人完成的。期间，她很辛苦，但也对此乐此不疲。这个烦琐的过程也让我们积累了室内设计的经验。

大概是平日周遭环境里的色彩太过单调，或者是在办公场所已经足够克制，我更希望在一众灰白水泥墙体之间找到一种视觉上的丰富感，将自己隐藏的情绪寄托于私密的空间之内。

如果你也和我一样，钟爱极繁主义室内设计风格，那么下面的这些建议也许能给你带来灵感和帮助。

打破固有的思维，不要给室内设计设限。家是你的避风港，是最能让你感到舒适、自由、放松的地方。在这个空间里，所有的物品、摆设都传达出"这就是我"的感觉。

极繁主义风格与极简主义风格最大的区别就在于前者鼓励

你张扬个性，表达你的情感。请遵从内心，不要被主流审美牵着鼻子走，主流趋势也许很好，但它并不一定能表达出你的内心。也不用得到周围人的认同，因为是你 24 小时住在这个家里，而不是别人。

利用反差来创造更有层次的空间。将粗犷与柔和、光亮与哑光、大与小、高与低相结合，诀窍在于制造视觉上的"冲突"。

你可以在纹理上做文章。例如，在地板上铺上你喜欢的地毯，给房间增添质感。在光滑的大理石地面或者木质地板上铺一块粗羊毛地毯能瞬间将空间变得有趣起来。你可以选择波斯风格、土耳其风格、中式风格或者北欧风格的地毯。地毯颜色要与房间整体的色调和谐。

我家客厅铺的就是一块以橘色为主色调的落日图案地毯，搭配驼色的沙发，让客厅看起来更加温馨。

如果你嫌墙体的颜色和结构太过单调，可以通过悬挂大小不一、参差交错的油画或者手工艺品来填补空白。画框用方形、圆形、三角形、菱形或者类似四叶草的形状进行组合，会让它们看起来更加生动。不要把它们挂得整整齐齐，那样会显得像在博物馆里一样严肃。在墙壁上只悬挂一幅大尺寸的艺术品也能吸引人的视线。同样，夸张的灯饰亦可以突出主题。

假如你逛遍了画廊、家具商城，还是没有找到自己满意的作品，那就自己创作吧。购买材料、油画布、画框之类的工具，先干起来！

周遭的一切都能成为你的灵感源泉，没准完成的效果比画廊里卖上万元的作品好一百倍。

大自然的鬼斧神工释放出的魅力是人造材料永远无可比拟的。我喜欢收集各种水晶矿石，坚硬粗犷的天然矿石会带给人一种清凉感，搭配超长的仿真羽毛、芦苇干花这样柔软、温暖的装饰品，可以起到平衡空间的作用。

矿石材质的应用场景其实很广泛，如客厅的餐桌、茶几、卧室边柜等，如果你愿意，这些独一无二的天然纹理会增强房间的对比度。

发挥你的想象力，大胆配色，不要害怕出错。用艺术之眼看待空间。我建议你在正式搭配前，先在脑海中模拟出一个场景，然后把它们画在纸上，这样做有利于形成一个整体的色彩概念。

你可以尝试将沙发的颜色换成灰粉、紫色、蓝色，旁边可以搭配墨绿色、鹅黄色的靠垫或者小椅子进行点缀。是将冷色调和暖色调进行混搭，还是用同色系进行组合，完全跟随你的心愿。

如果你觉得房间里的颜色令你眼花缭乱，启用黑、白、灰、米色、卡其色、裸色、金色、银色等中性色进行过渡，它们可以帮你很好地补救。

书籍也是很棒的装饰品，你可以按照颜色来分类，同时在书架上摆放山乌龟、吊兰等垂坠感十足的植物，突出书架的立体感。

实际上，极繁主义风格除了渲染随性自由的氛围外，最需要把握的原则是整体空间的和谐、平衡。毕竟，你不会想待在一个令你不舒服的房子里。至于，到底是打一张安全牌还是冒险牌，因人而异。

　　你的房间你做主，舒适、自在，最重要。

第三章

艺术在燃烧

在艺术作品中，我们不仅遇见了美，也窥见了人生百态。

法国雕塑家奥古斯特·罗丹（Aguste Rodin）曾说："生活从不缺少美，只是缺少发现美的眼睛。"我再补充一句："生活从不缺少美，只是缺少发现美的眼睛，以及将美运用到生活中的执行力。"

舆论导向不应该变成束缚美的一种标准。审美应该是包容的，是各种风格并存的。就好像比起巴勃罗·毕加索（Pablo Picasso）和安迪·霍沃尔（Andy Warhol）的作品，古斯塔夫·克里姆特（Gustav Klimt）"金色时期"的装饰艺术风格与萨尔瓦多·达利（Salvador Dali）的怪诞风格更能唤起我的情感，但这并不妨碍毕加索的一幅画可以拍到上亿美元的价格。

审美教育往往被大众和普通教学所忽略，事实上，它和目前被偏重的数理化、英语等学科同样重要。

美学教育名家滕守尧教授在《审美心理描述》中提道："美育不仅应该是教育中的一门主课，而且还应该更进一步将美育的原则贯彻到德、智、体诸科的实际教学中。换言之，德育不纯是说教，智育不是灌输，它们同样也是一种艺术。这种艺术也同其他艺术一样，需要情感的交流和融洽的师生关系。"

如何将填鸭式教学、单向灌输的状态迭代为平等的交流和自由轻松的双向互动，是一个值得我们思考的关键性问题。

我想，一个学生在学习生涯中对生命力的感受、自我意识的表达，会让他在理解世界和人生的关系上受到更多心灵上的启发。而启迪人的心灵才应该是教育的本质。

毋庸置疑，美一定是稀缺的，所以从古至今，人们在艺术、绘画、建筑、服饰上孜孜不倦地追求美的平衡。

艺术不分贵贱，只是表达形式不同。旅行、看秀、听音乐会、逛博物馆等都是培养审美和提升品味的好途径。

推荐对美术感兴趣的朋友可以读一读美学大家蒋勋的《写给大家的西方美术史》，让你在欣赏不同时空的美的同时，深刻了解这些伟大作品的前世今生。

我很赞同他在书中表达的一个观点："美，不会是一种绝对的信念；美是在相对的矛盾对立中寻找微妙的平衡与和谐。任何一个流派，一旦信奉自己的主张是唯一的教条，也正是这个流派衰败的开始。"

以开放包容的境界去拥抱艺术，拥抱热爱，才能感悟到大千世界的精彩纷呈。

去奥地利的维也纳，见证欧洲最美宫殿之一——美泉宫巴洛克式建筑的富丽堂皇；虔诚地在充满粉色内部构造的 Jesuit 教堂里向上帝祷告心中的愿望；安静地欣赏世界最美图书馆——奥地利国家图书馆的绝美天花板以及纪念哈布斯堡家族十六位先祖的大理石雕塑；抑或走进百年中央咖啡馆，点一杯他们家

自制的咖啡和巧克力蛋糕，在悠闲的午后，看人来人往，把时间定格在咖啡的香气中。

逛梵蒂冈博物馆，感受世界上最古老的博物馆里的艺术精髓。最小的国家却汇聚着一千多年来古罗马、古希腊和文艺复兴时期的稀世珍品，政教合一的特殊体制让梵蒂冈犹如亚平宁半岛上一把通往天国的钥匙，散发着跨越时代的影响力。抬头仰望气势恢宏的西斯廷礼拜堂的天顶湿壁画，与大师米开朗琪罗创作的《创世纪》《最后的审判》面对面，感受这位天才震慑人心的创造力。在这里，全世界热爱艺术、热爱历史的人们皆会觉得不虚此行。

漫步在法国卢瓦尔河的舍农索城堡，惊叹于它横跨河流而建的独特建筑理念。站在由灰白色与黑色方砖拼砌而成的 60 米长廊里，回顾香奈儿 2021 年高级手工坊系列，模特们身着文艺复兴风格的服装穿梭于时光长廊里的精彩瞬间。在后世的游客眼里，城堡只是一个与世隔绝的童话，但对于曾经拥有过它的女主人来说，却是一座宏伟而坚实的港湾。

迎着地中海湿润的空气和温和的阳光，乘坐贡多拉，在大运河上领略世界上唯一没有汽车的城市——威尼斯水城的浪漫。波光粼粼的水面上倒映着岸边古老的建筑，泛起的浪花犹如水晶球里被打翻的钻石。海洋为这座地处重要贸易十字路口的城市带来了无尽的财富，不愧是"海的新娘"啊。如果你对金色着迷，那么圣马可大教堂四壁及穹顶贴着金箔的马赛克镶嵌画和黄金祭坛屏风就是一个举世无双的金色传奇。威尼斯不只有

威尼斯的花神咖啡馆门外总是排着长队。

电影节和红毯，还有精致的手工玻璃和美味诱人的薄底比萨。

到北京的故宫欣赏一场初雪，紫禁城的红墙与白雪诉说着600年的厚重。漫天的飞雪覆盖住闪烁着耀眼金色的琉璃瓦和汉白玉石阶，却盖不住中华民族骨子里的壮美与大气。屋顶上一排排镇守大殿的屋脊兽传递着吉祥与美好，历经百年风雨，斗转星移，默默守护着独属于华夏的瑰宝。

沉浸式欣赏一场精彩的芭蕾舞剧，将自己沉醉在跌宕起伏的剧情中。如果古典芭蕾的曼妙已经无法满足你的视觉体验，那么由圣彼得堡艾夫曼芭蕾舞团演绎的《俄罗斯的哈姆雷特》将为你的感官带来全方位的冲击。大胆的身体动作姿态、气势磅礴的音乐和光影变幻的舞台效果让鲍里斯·艾夫曼的舞剧披上了一层奥妙莫测而又富有激情的薄纱。

自成一家的风格让其戏剧作品得到了升华。也是在艾夫曼芭蕾舞团，我终于看到了 1.72 米以上的女性芭蕾舞者。正如这位编舞大师所说："舞蹈是线条运动的艺术，好的身高更具张力，可以更丰富地表现情绪。"

高贵如黑天鹅般、一口气做 32 个挥鞭转的舞者绝对是璀璨而优美的，但用肢体动作表达出人物对情欲的宣泄亦是顶级舞者对艺术的崇高诠释。

儿时的我曾经酷爱芭蕾，但因为个子太高，和同龄的舞伴站在一起总是很不协调。形体训练时，还能在路过的窗前听到女孩们坚持不下去的哭声。

长大后我才明白，芭蕾就是这样一门残酷的艺术，它很枯

燥，需要每天练习，让肌肉形成记忆。可我必须承认，我做不到每天按时按点地压腿、开胯、下腰。练基本功的辛酸只有跳舞的孩子才知道。

直到现在，我家里还保留着以前练功时穿的足尖鞋。它是淡粉色的，鞋头最前端的绸缎已经被磨损得七七八八了，两只硬舞鞋拿在手上一碰，还能发出"bang bang"的声响。

没有成为一名专业的舞者并不影响我对舞蹈的热爱，这种遗憾反而让我更加珍惜世界各大芭蕾舞团来国内演出的机会。

持久热烈的掌声、大声喊出"Bravo（喝彩声）"、诚挚的敬意都是我作为一名观众能给予他们的最好的认可。

舞蹈诗剧《只此青绿》一开票就被抢完了，我没有抢到票，但一点也不觉得惋惜。相反，我发自肺腑地感到欣慰，因为我从观众的热情里看到了我辈骨子里的文化自信。

《千里江山图》展现的是 18 岁少年的意气风发，是青山绿水的荡气回肠，是古代文人的精神世界，更是梦想照进现实的最高境界。

作为宫廷画师，王希孟是幸运的，因为还有数以万计的宫廷画师、宫廷匠人在他们的朝代创造了大量的佳作，却没能留下自己的名字。比如清代制作挂屏的匠人、绘出长卷画的画师、制作出精湛珠宝的师傅们……

今天我们在欣赏这幅长 11.915 米的长卷画的同时，也应该向所有籍籍无名、不曾受重视的宫廷艺术家们致敬！

每个人都有自己的 18 岁，但不管是活到 18 岁还是 81 岁，

胸中的那股心气儿不能泄，得守住。虽然我错过了演出，但心意已达。愿这幅千古绝作的灵气能唤醒你身体里的倔强与不屈，在江山起伏间，活出生命的价值。

一个下着瓢泼大雨的夏日傍晚，我赶去听了演奏家姜建华和朋友们的二胡演奏，演出结束后，我的心情久久不能平静。其实，我已经算是国家大剧院的老观众了，十几年来看了无数场演出，但这场由仅有四人的小型演奏会带来的演出却是为数不多的让我热泪盈眶、无比激动的演出。

当听到坂本龙一作曲、中原达彦改编的《能量之流》和加古隆作曲的《巴黎在燃烧》时，我的胸中仿佛被注入了一股气流，那种悲情、温婉、激荡的情感紧紧萦绕在心头。很明显，两个小时对于所有人来说都显得太过短暂。

一把二胡连接天地阴阳，一魂入曲，此后余音袅袅、绕梁三日。在场的每一位观众都被大师们的艺术感染力深深震撼，还有很多外国友人站起来高声喝彩。

传统民乐饱含的巨大能量和民族魅力让我不禁感慨中华文化的深厚底蕴。

记得初中的假期，我邀请同样学过古筝的好朋友来家里玩，她的一曲《战台风》让还处在弹《渔舟唱晚》阶段的我听得热血沸腾。

我只感觉她弹奏这首曲子的瞬间，好似千军万马都挡不住这气势，她缠着玳瑁甲片的指尖像在施法术，就算台风真的来了，也能镇住。

一首笑傲江湖曲，剑胆琴心两相依。年少时做的武侠梦全都浓缩在了那21根弦的古筝里。

音乐是魔法，是解药，是彩虹，是浩瀚宇宙中的"量子纠缠"。

夏季，沏一壶清香的铁观音，听一首须弥乐团的《旌旗乱》，欣赏宋徽宗赵佶的《瑞鹤图》来消暑。宋徽宗是不是好皇帝不好评说，但他的确是个杰出的艺术家。

《瑞鹤图》一片祥和的背后暗藏着烽火连天、山河破碎的绝望，铿锵的鼓点在手起手落间宛如倒下的旌旗，迎风残喘，全是道不尽的悲凉。瘦金体纵然有名，可我更偏爱他的狂草，行云流水间，尽是帝王的神采。

冬季，来一杯热红酒，听一首由 The Piano Guys（钢琴男孩）改编的《G 大调第一大提琴组曲：前奏曲》，看大卫·霍克尼（David Hockey）笔下的绿色，提前过春天。贫穷不得志的巴赫，能否被春天的晨曦、嫩芽、花朵、虫鸣所治愈呢？

有这些才华横溢的艺术家做伴，一年四季都不会孤单。

美国诗人亨利·华兹华斯·朗费罗（Henry Wadsworth Longfellow）说过："艺术是永恒的，时间则是瞬息即逝的。"这句话在博物馆和美术馆里更是被体现得淋漓尽致。

欣赏这些艺术品就是在感受它们的神奇。有专业的历史背景知识当然是最好的，但有时候看不懂也没关系。坦白讲，直到现在，很多艺术家的画作、时装和雕塑我都看不懂，但也许某一年的某一天，它们能让我彻底开窍。

即使分不清新古典主义、表现主义、后印象主义、达达主义、哈莱姆文艺复兴、辐射主义等各种各样的艺术流派也无妨，作品内容本身要比一个专有名词的含金量更大。

天马行空的想象力比设定好的意义更具意义。艺术就是在传递感受，隔着千年的时光传递着它的故事。多看，多逛，感觉自然就来了。

几年前，我曾经在一个博物馆里看见过类似独角兽的角一样的标本，大约有 3 米长，呈螺旋式上升状，很让人震撼。奈何当时没搞清楚它到底是什么，只记得配图的文字中提到了"unicorn"。

独角兽是存在于童话里的生物，这个神秘的角在我的心里留下了深刻的烙印。直到后来，我漫步在博洛尼亚古城的时候，这个谜底才被彻底解开。

博洛尼亚是意大利最古老的城市之一，世界上第一所大学就诞生于此。它还是画家乔治·莫兰迪的出生地，这座始建于公元前534年的古城里蕴藏着无数的文化艺术瑰宝。橙红色的拱廊和砖块组成的老建筑把中世纪醇厚的气息带到了城里的每一个角落，让它想低调都难。

城中博物馆的人流不像世界其他热门博物馆那样观者云集，人头攒动。馆内藏品多，观者少，倒是多了几分清净自在之感。

其中一座博物馆里就收藏了一件有两米左右的"独角兽的角"的艺术品。但这一次，我和工作人员聊了很久关于这件作品的信息，终于解密了，它其实是一角鲸的牙。

一角鲸是一种分布在北冰洋海域的鲸类，目前已被列入《世界自然保护联盟濒危物种红色名录》。

多年来，科学家对一角鲸的长牙的用途提出了多种理论，有的解释为它们用长牙争夺配偶，有的解释为用来感知环境、测试水温和气压，有的则解释为地位的象征，即长牙越长越粗，代表着它在鲸群中的地位越高。

我很幸运再次遇见了海洋中的"独角兽"，世界很大很有趣，让人类对大自然永葆一颗敬畏心和好奇心，这也许就是博物馆收藏它的意义吧。

想想我们平时会在一幅画作面前停留多久？一分钟？五分钟？还是看上几眼，拿起手机，拍张照片，然后继续前往下一幅作品，重复以上的步骤？

我建议下次你可以尝试在一幅喜欢的画作前停留更久的时间，仔细观察它的色彩、结构、笔触和所表达的情感。

不要总把注意力放在语音导览、作品的标签或者拍照上。评论家的解读固然有一定的依据，但面对同一幅作品，人们绝对不会产生同样的感受和想法，只有长时间地驻足欣赏，抛开前人的评判和刻板印象，通过自己的眼睛去看，才能和画作产生心灵深处的交流。

站在画的对面，保持半米的距离，这半米就是你和艺术家的距离。见字如面，读到这里，也是我和你的距离。

在艺术作品中，我们不仅遇见了美，也窥见了人生百态。我个人非常喜欢的三位大师：凡·高、提香和伦勃朗，虽然他们同样都是伟大的画家，却有着截然不同的命运。

文森特·威廉·凡·高（Vincent Willem van Gogh）1853 年出生，1890 年因自杀离世。早年受牧师父亲的影响，在比利时矿区传道的五年间，他跟矿工同甘共苦，吃住在一起，把自己奉献给了宗教，但由于教会认为这些行为是给神职人员丢脸，最后把他开除了。他对腐败的教会失望透顶，在余下的十年间把自己全部的热情奉献给了艺术。

凡·高笔下的大多数人物，如农民、矿工、村妇等都属于中下层阶级，他本人也是靠着弟弟西奥的长年资助来完成绘画的，并且生前只卖出了一幅油画作品——《红葡萄园》。

在与画家高更激烈的争吵后，患有癫痫症的他愤然割下了自己的右耳，送给了一个妓女。后来在小镇居民的压力下，他默默地搬去了疗养院，不发病的时候依然在努力为心中的艺术创作。

凡·高最终在 1890 年 7 月 27 日的一个下午，怀着悲伤、无奈又愧疚的心情，在一望无际的麦田里结束了自己 37 年坎坷曲折的生命。

荷兰阿姆斯特丹的凡·高美术馆里收藏着这位后印象派大师的 1000 多幅作品及书信。我想如果他能穿越到现代，看到自己的作品这么受世人喜爱，该有多么感动和欣慰啊。

凡·高的一生是痛苦、憋屈的，而提香的一生则潇洒、自由多了。

提香·韦切利奥（Tiziano Vecellio）是意大利文艺复兴时

期威尼斯画派的代表人物。与他同时代的传奇大师还有拉斐尔、米开朗琪罗、达·芬奇。他不仅高寿，活到了88岁，还非常有钱，在世的时候就负有盛名，被人们称为"群星中的太阳"。

　　在圣马可修道院二楼祈祷室的墙上，可以看到弗拉·安吉利科画的宗教题材的湿壁画。我正站在祷告室门外拿着手机拍照，旁边突然走过来一位穿着休闲装的长者，他问我："你看懂这幅画是什么意思了吗？"我表示没看懂。于是他当即就开始给我讲述这幅画的来龙去脉。我好奇地问："您是怎么知道的？"他笑着回答："我是一名神父。"

请提香作画的人都是皇室贵族、富商。据说，罗马皇帝查理五世曾经到他的画室，偶然发现他的一支笔掉落在地上，于是弯腰为他捡了起来。提香见状忙说："我不值得您为我捡起一支笔。"而查理五世却说："世界上最伟大的恺撒大帝都应该为你服务。"由此可见，提香在当时画坛的地位是无可替代的。

他用色大胆，敢于突破，偏爱各种红色系，尤其是那幅《乌尔比诺的维纳斯》，更是将肖像人物的雍容、华贵之美与肉体感官之美结合得淋漓尽致。提香画的女性不再是高高在上的神，而是有温度、有欲望的人。

作为一名职业画家，提香的一生无疑是成功的。艺术不一定非要与悲剧色彩画上等号，快乐也可以成为主旋律。

这也许就是人的命运吧。正如作家程浩所说："不幸与幸运都需要有人承担。"

同样来自荷兰的伟大画家伦勃朗的命运仿佛介于二者之间，犹如一部高开低走的小说，有高光，亦有落魄。他前半生受人追捧，30 岁就成为负有盛名的画家，后半生却靠变卖家产为生，穷困潦倒。

伦勃朗·哈尔曼松·凡·莱因（Rembrandt Harmenszoon van Rijn）生于 1606 年，死于 1669 年，在这段 63 年的人生中，他经历了两任妻子和儿子的离世，沉重的打击使得原本意气风发的少年逐渐变成了一个失意颓废的迟暮老人。

他擅长用明暗对比以及光的反射来突出画面的层次感和人物的戏剧性。那幅著名的《夜巡》就完美地强调了光的运用。

可惜，这幅画在当时并没有给他带来财富和好运，在他拒绝了订画者的要求后，殊不知苦难已经悄悄来临。

他在社会上的声誉随之越来越差，找他画集体肖像的人也越来越少。也就是在同一年，他的爱妻萨斯基亚在生下了小儿子后不久因肺病去世。

虽然《杜尔博士的解剖学课》是他的成名作，《凭窗的亨德丽娅》被美术史公认为最杰出的肖像画，但我个人最喜欢的一幅还是《扮作花神的萨斯基亚》。

这个美丽的贵族少女对伦勃朗的一生产生了深刻的影响。画中的主人公萨斯基亚面带微笑，头戴花环，身穿金银刺绣镶嵌的绿色长袍，浑身散发着清纯高贵的气质。在伦勃朗的心中，她就是最美的花神弗洛拉。

伦勃朗把对妻子的爱意深深地定格在了时间里。

他一生中画了很多自画像，据不完全统计，至少有 90 多幅。越到后期，画面肌理越厚。我很欣赏伦勃朗身上的真实和执拗，真实是最有力量的存在。

他把自己破产后的贫穷与寒酸大胆地用颜料记录了下来，把对两任妻子的爱意浓缩在了一幅幅油画里。面对自己悲剧的晚年，他没有选择逃避，而是冷静坦率地用画笔审视着自己跌宕起伏的一生。

从威尼斯到博洛尼亚再到佛罗伦萨，我几乎逛遍了城里所有感兴趣的博物馆。连续高强度、密集式的奔走不仅没让我患上"司汤达综合征"，反而让我在艺术殿堂里汲取了无数奇妙的灵感和美的力量。这里面也包括著名的乌菲齐美术馆。这个汇聚着意大利文艺复兴时期伟大作品的地方曾经是"无冕之王"——美第奇家族办公的乌菲齐宫。

实际上,美第奇家族不仅是文艺复兴背后的推手,更是在向欧洲推广意大利工艺和时尚的过程中发挥了功不可没的作用。

我和世界各地排队逛展的人们一样,看到了波提切利的《维纳斯的诞生》《春》,提香的《花神》《乌尔比诺的维纳斯》,卡拉瓦乔的《美杜莎》等镇馆之宝,毫无疑问,这些热门作品前聚集的人流是最多的。

可逛到后面,最吸引我注意力的却是位于墙面左下角的一幅不那么起眼的自画像。

画中的女子身穿黑底蓝花旗袍,短发,手握收起的折扇,眼神看向斜前方。我把目光移向旁边的标签,上面印着"Ritratto della pittrice Pan Yuliang,1927"。

这是潘玉良女士的自画像,我竟然在众多欧洲绘画大师林立的博物馆里看到了中国画家的油画,惊喜之余,百感交集!

潘玉良(1895—1977)被誉为"中国印象派第一人"。她的故事大家一定不陌生,她的一生充满了传奇色彩。90 年代初期,由张艺谋导演,巩俐和尔冬升主演的《画魂》就是根据她的生平事迹而改编的。

我停留在这幅小小的自画像前久久不愿离开,脑海中浮现出她和潘赞化的爱情故事,她的悲伤和无奈,在那个时代她要面对的压力和偏见。她的开端如此凄惨,受尽羞辱,一路走来

谈何容易。对于命运，对于社会，对于性别，对于艺术，她有自己的坚持，有自己的风骨。"涅槃重生"这四个字用在玉良身上再合适不过。世人可以从两小时的电影里窥探到她人生画卷的一部分，却永远无法得知镜头外的悲欢离合。

何为"画魂"？我以为，是执笔者对抗命运不屈的灵魂。

不论是"凡·高黄""提香红""伦勃朗的光"，还是潘玉良中西融合的艺术风格，是这些伟大的艺术家们让色彩超越了时间，让"美"流传于宇宙。

我们从画里感悟到的不只是命运的多变和不可预测性，更多的还有泪水与欢笑凝结而成的感动。也许这就是艺术带给人类的魅力吧。

砖石背后的温度

建筑，作为一门实用性的空间艺术，与音乐、绘画、服饰相比，它更强调自身的实用功能。若非经历战乱与炮火，被保护完好的情况下，建筑可以留存百年甚至上千年。而建筑又具有一种强制性，它以自身巨大的体积和重量矗立在视线前方，让人无法回避。

不论是东方还是西方，在坚固实用的基础之上兼具美感是不同文明、不同种族追求的共同目标。

旅行的意义就在于对未知世界的探索，对自我认知的突破。带着海纳百川的心态去环游世界，所到之处皆能发现惊喜。

寺庙、修道院、教堂这些曾经作为宣扬宗教信仰的场所，如今更多的已经演变为供人们参观的艺术殿堂。有些教堂曾被用于举办时装秀，比如伦敦威斯敏斯特大教堂、纽约圣马可教堂等。它们是宗教历史的诉说者，也是王朝更迭的见证者。

如果没有提前做足功课，旅行时很容易把各种风格的建筑搞混，以下是我在旅途中慢慢总结出来的，希望这些要点能帮助你快速辨别出哥特式建筑和巴洛克式建筑的特点，从而在旅途中能够更深入地欣赏这些宏伟遗迹的历史精华。

哥特式建筑给人最直观的视觉特点是长、窄、高。尖拱、飞扶壁、玫瑰花窗、彩色玻璃是构成哥特式教堂最重要的几大元素，而高耸入云的尖塔则以无限向上延伸的趋势，强调了上帝与世人之间无法逾越的永恒的距离。

比如西班牙建筑大师安东尼奥·高迪的代表作——巴塞罗那圣家族大教堂就是一座典型的哥特式建筑。

走进教堂，阳光穿过五彩斑斓的玻璃花窗映射到教堂内部，感觉整个人都被笼罩在神圣迷人的氛围中了。

不过，比起教堂内部，外部宏伟的结构更让我叹为观止。我站在教堂外，仔细观赏其外立面栩栩如生的雕塑细节，一个个精美壮观的小雕像带来的震撼只有亲临现场才能感受得到。这是高迪先生花了 43 年的时间用密集而复杂的结构讲述的耶稣诞生等与《圣经》相关的故事。

虽然教堂至今仍未修建完毕，但丝毫无法阻挡世界各地的游客参观游览的热情。

临走前，我在圣家族大教堂对街的一侧偶然发现了最爱的汉堡店——Five Guys（五兄弟），红白相间的字母亲切地向我"招手"，我知道这块招牌对我总有一种无敌的吸引力。

早已逛得饥肠辘辘的我果断地冲进店里点了经典的老三样：芝士牛肉汉堡、鲜切薯条，再加一杯大可乐！热爱美食如我，感觉只有这样，这趟行程才算圆满吧。如果有机会再去巴塞罗那这座美丽的城市，我还是会选择"教堂＋汉堡"这个经典"套餐"。

巴洛克式建筑的外形特点是追求自由奔放的动态感，因此设计师会运用大量的曲线、椭圆形的曲面来营造一种流动之美。

在古老的 17、18 世纪，巴洛克式建筑通常用于服务上层阶级，为了营造出富丽豪华的视觉效果，诸如大理石、黄金、贝壳等珍贵的建筑材料会被用来做装饰，增添奢华感。这些镀金装饰与具有梦幻光影效果的浮雕、壁画、雕塑合在一起，构成了一个富有戏剧感的生动空间。

2018 年，我来到了美丽的音乐之都——奥地利维也纳，到了维也纳怎么能不去茜茜公主的宫殿美泉宫参观呢。这座建于 1743 年的巴洛克式宫殿曾是哈布斯堡王朝的皇宫，在奥匈帝国时期也有着重要的地位，如今已被联合国教科文组织列入《世界遗产名录》。

美泉宫内部果真是金碧辉煌、雕栏玉砌，但遗憾的是，严禁拍照。

那天天气很好，微风和煦，碧空万里。从美泉宫出来，穿过优美的林荫大道，漫步在壮观的皇家园林之中，惬意而美好。缓缓往坡上走，站在山丘顶端的凯旋门前俯瞰整个宫殿和花园，有种想让时间停止的冲动。

维也纳真的是值得来二次、三次的城市，至今，那些印有茜茜公主头像的纪念品仍然摆放在我家客厅显眼的位置，它们记录了我在美泉宫最美好的回忆。

之后有一年的秋天，在西班牙旅游的我本来提前预订好了房间，到了酒店才被告知已经没有床位了，于是在机缘巧合之下，我住进了阿方索十三世这个塞维利亚最具帝王古典气息的酒店。不过，可真要感谢前一个酒店的失误才让我发现如此美丽的宫殿式酒店，真是塞翁失马、焉知非福啊。

也就是自那时起，我领略到了摩尔建筑的艺术魅力。

没住进这个酒店之前，我对摩尔人以及摩尔式建筑风格并不熟知，后来才了解到，原来在公元 8 世纪到 15 世纪，曾经的西班牙南部被穆斯林统治了长达 780 年，直到 1492 年，西班牙人才收复了被阿拉伯人侵占的伊比利亚半岛。同年 8 月，伊莎贝拉一世女王资助哥伦布开启大航海时代，从而逐渐确立了西班牙日后在海上的霸主地位。

因此，今天的西班牙南部有很多摩尔人留下来的历史遗迹，包括饮食、音乐、建筑风格也深受阿拉伯文化的影响。这也就是为什么我们会在塞维利亚城中看到很多阿拉伯式繁复雕花纹样的原因。

这座充满阿拉伯艺术元素的酒店是 1929 年西班牙国王阿

方索十三世为了迎接塞维利亚世博会的贵宾而下令建造的，高大的拱门、原始的彩绘瓷砖拼画，展现了当时装饰艺术的盛行之风。

一进酒店，我就被洁白的云石地板和镶嵌着精美壁画的拱廊所吸引了，整个大堂空间在一盏盏复古吊灯的笼罩下显得格外古典、华丽。

你可以走上楼梯，站在用大面积彩色瓷砖拼成的墙壁前拍照留念，也可以搭乘那部拥有百年历史的电梯感受电影里的场景。

这部年代久远的电梯虽然只能容纳两个人，但请相信我，里面古老的按键装置绝对能让你领略一把穿越历史的惊喜感。

顺便提一句，酒店的早餐很丰盛，不仅有很多美味的甜点和面包，而且用餐环境也非常舒适、自在。大家如果去西班牙旅游，这个绝美的皇宫酒店绝对不会让你失望的。

生活中总是充满了各种偶然的惊喜，抓住美好的瞬间，留住令人难忘的回忆便不会辜负生活赠予我们的丰硕体验。尤其在旅途中，住宿环境、美食的味道、天气情况会直接影响我们整个行程的感受。

就像最近一次出行前，我本来计划不会去那个国家，可偏偏缘分使然，让我在阴雨连绵的中欧小城市临时选中了一个非常酷的酒店。

欧洲的酒店大部分都是临街而建的，门厅很小，里面的设计倒是既古典又高雅。服务生热情地接过我那湿漉漉的雨伞，我照例坐上一贯的老式电梯，跟随经理矫健的步伐，穿过酒店的走廊，直奔我的房间。

走廊墨绿色的墙壁上挂满了大大小小的绘画作品，艺术气息浓厚。经理在介绍完房间设施和用餐时间后便礼貌地离开了。

锁好门，拉上窗帘，鞋子一脱，我像是泄了气的皮球一样直接卧倒在弹力十足的大床上。环顾四周，有酒店提前准备好的小甜点、矿泉水和一封欢迎信。

房间面积虽然不大，但属于麻雀虽小、五脏俱全型的。

休息片刻后，我的目光聚焦在了墙上的几幅画上。凑近一看，我总感觉这些作品的怪诞风格似曾相识，好像在哪儿见过。于是，我的目光顺着金色的画框移到了最下面，"Salvador Dali"的名字赫然映入眼帘。看到这几个字母时，我就会心地笑了，怪不得，原来是萨尔瓦多·达利的手稿啊，我说怎么看着这么眼熟呢。

因为八月中旬，北京国贸商城刚刚举办过"达利 120 周年世界巡展"，展品包括手稿、雕塑、时装、珠宝等 142 件作品。我当时在现场沉浸式逛展的时候，就被他所描绘的"颠倒混乱"的世界深深地迷住了。当然，也包括随机出现在他多幅作品中的"跳绳的 Alice"。

在我房间墙壁上的四幅手稿中，有一幅手稿里藏着一个小秘密。画面正中央有一头奶牛，奶牛的身体里被达利画了很多张脸和身体。那么这头牛的身体里到底藏着几个生物呢？我猜有 6 个。

　　这里我就不说那家酒店的名字了，如果你和我有缘，兴许某一天也会住进这个房间，数一数奶牛的身体里到底藏着几张脸。

　　说到超现实主义，就有必要聊一聊另一位我非常喜欢的英裔墨西哥艺术家——利奥诺拉·卡林顿（Leonora Carrington）。2024 年 5 月，苏富比春季拍卖会以 2850 万美元的高价售出了她在 1945 年创作的作品——《达哥贝尔特的消遣》（*Les Distractions de Dagobert*），遗憾的是，这位 94 岁的老人已于 2011 年在墨西哥城离世。

　　毫无疑问，墨西哥是个充满神秘色彩的国度，卡林顿的很多灵感都是从墨西哥古老的传说和仪式中获取的，当然还有她的梦境。梦境，看似毫无意义，却是潜意识的投射。

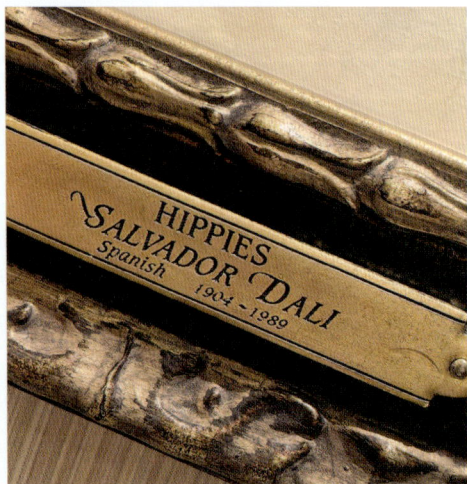

回想起大学暑期时，我和朋友们一起去墨西哥旅行，在特奥蒂瓦坎古城遗迹上，我们看到了被阿兹特克人称为"神迹"的太阳金字塔和月亮金字塔。整个金字塔都是由石头、砖块构筑起来的，没有使用任何其他工具，它们见证了特奥蒂瓦坎城邦曾经的辉煌。

爬上台阶，俯瞰古城全景，宏伟的金字塔、神圣肃穆的祭台、巨型仙人掌和慢慢爬向远方的大蜥蜴，就这样从百科全书里"蹦"了出来。

当地人说西班牙语，向导大叔人很好，有着墨西哥人民特有的幽默和热情，带领我们穿越了80多千米的长途路程，还一一精准地点评了我们4个姑娘的着装风格。

回程的路上，在下车休息的间隙，我抬头看向浩瀚的夜空，第一次感觉到天空离我如此之近。颗颗闪耀的繁星密集而璀璨，它们仿佛近在咫尺，一伸手，就能摘下来。

如果你懂天文学，甚至可以清晰地辨认出十二星座的方位。未解之谜诸如：玛雅文明骤然消失的原因是什么？玛雅人为什么会选择在这片土地上建造金字塔？它的作用是什么？看过这片星空后，我大胆猜测，可能真的是因为此地易于观测天象，且与某个坐标系有关吧。

那个夜晚看到的景象让我终生难忘，不愧是传说中的众神之城啊。只在墨西哥待了一周左右的我就有这么多的故事想要分享，更何况是在那里生活了几十年的卡林顿呢？她对古老的墨西哥城一定有着深深的感情和喜爱吧。

二战爆发后，卡林顿与她的恋人——马克斯·恩斯特（Max Ernst）被迫分开了，往后余生，他们再也没有相见。

而马克斯·恩斯特，这个被业界誉为"超现实主义的达·芬奇"的德裔法国画家在去往美国的途中与佩姬·古根海姆（Peggy Guggenheim）产生了感情，并成了她的第二任丈夫。

我在威尼斯 city walk（城市漫步）的时候碰巧参观过佩姬·古根海姆博物馆（Peggy Guggenheim Collection），馆内收藏的作品大多都是当代艺术品，而我本人显然对古典艺术更感兴趣，逛完了整个展馆，只有极少数作品引起了我的强烈关注。

巧的是，其中一件便是出自马克斯·恩斯特之手的《伪教皇》。

墨西哥城、喜欢的艺术家、喜欢的艺术家的恋人、他们的作品，那些看似毫无关系的地点、人物、物品，却仿佛在冥冥之中，自有关联。

第四章

提升幸福感的好物

幸好，世间还有玫瑰。

　　　　——克里斯汀·迪奥（Christian Dior），现代设
计大师

如今，我们生活在物质如此丰富的年代，琳琅满目的商品给生活带来了富足，但也带来了很多烦恼。近年来随着电商的崛起，"买买买"似乎成了每个人生活的日常，"618""双11""双12"等大促活动让大家特别容易迷失在这一场场全民狂欢中，买着买着就容易掉进"消费主义陷阱"。

MBA智库百科显示：消费主义（consumerism）是指一种毫无顾忌、毫无节制的消耗物质财富和自然资源，并把消费看作是人生最高目的的消费观和价值观。

我不鼓励大家超前消费或者攀比消费，把自己变成一个购物狂，和周围人比来比去，每个月都刷爆信用卡，面对账单上的高额数字在深夜里焦虑失眠，深陷在消费主义泥潭中无法自拔。

在自己经济实力可承受的范围内，定好预算，选择真正需要的东西下单才不会陷入恶性循环。更不要被打折迷昏了头，一看比较划算就使劲买，买了一堆自己平时根本不需要的东西，还把碎片化的时间和精力就这么浪费掉了。

包包、鞋子、衣服等都是为我们服务的，物尽其用才是对好物最大的尊重。很多人买下心心念念的东西后却不舍得用，久而久之就忘记了它们的存在。物品被蒙上了灰尘，塞进了柜子深处，它们仿佛也明白了自己的命运，像一个个失落的孩子，永远地躲进了尘埃之中。

现在就行动起来，打开你的柜子，拿出你珍藏的香薰蜡烛点起来，撬开你收藏许久的红酒喝起来吧！

最近，年轻人中流行"反向消费"，即在追求品质的同时，又注重性价比，而不再一味地认为"贵就是好"，他们更重视产品带来的体验。环保、健康、可持续的绿色生活方式才是主流。

我认为这是很好的现象，因为物件终究只是物件，不痴迷，不上瘾，才是对待物件该有的态度。

这本书涉及的所有品牌均和我无广告合作，其中所提到的带给我温暖的好物，都是我在繁多的商品中经过筛选使用后觉得很棒的东西，希望能对大家有所帮助。

懒人躺椅

经常看到一句话："人要保持终身阅读的习惯。"但在此之上，我认为带着批判性思维去阅读，更是我们需要培养的一种素养。

作者要传达的思想是从个人立场出发的，或多或少存在时代的局限性。这也是阅读本身的乐趣所在，从万千不同的认知、不同的视角出发，你会感慨世界之广阔、之奇妙。

英国小说家、剧作家威廉·萨默塞特·毛姆（William Somerset Maugham）在《阅读是一座随身携带的避难所》里曾提道："每个人对自己来说都是最可靠的评论家。不管学者们对一本书的评价如何，不管他们对某一本书如何众口一词地大加赞赏，只要你对它没有兴趣，那么你就完全不用在意这本书。别忘了评论家们也是经常犯错的，在文学批评的历史中，知名评论家犯下的错误比比皆是。何况只有阅读过某一本书的你才是最终评判它价值的人。"一本书值不值得你花时间去读，还得你说了算。

阅读习惯因人而异，我读书比较随性，很少制定一年读多少本书的计划。我觉得阅读的过程应该是快乐、放松的，一旦把阅读变成像制定 KPI 考核一样的管理方式，阅读本身就变得无趣了，而且为了尽快完成目标我会想着赶紧把它读完，这个过程会导致我无意识地忽略很多书中的精华。

当然，我只是说这种方式不适合我罢了，定一个具体的数字会让我感到紧张。现在流行阅读电子书，可我觉得每本书都有它不同的触感和灵魂，电子书再方便也无法替代纸质书的质感。

这些年，我陆陆续续捐出去了很多书，可有些带着时代痕迹的书，像《明朝那些事儿》《盗墓笔记》《大败局》等，却始终舍不得捐。它们象征着我的青春时代，零零碎碎，生猛无畏。虽然保存得不全，现在倒也变成了压箱底的存在。

明明要说懒人躺椅，怎么聊到阅读上去了，因为我大部分的阅读时光都是在懒人躺椅上度过的。我觉得比沙发更舒服的家居好物非懒人躺椅莫属。

它可以被随时随地挪动到你喜欢的位置，冲着飘窗，背对着阳光，哪个位置最能让你放松，就选择那里。

一把好椅子是符合人体工程学设计的，它让你的腰肌、颈椎放松的同时，还能对脊柱起到支撑保护的作用，久坐不累。

我最幸福的时刻之一就是能安静地独自阅读一本喜欢的书籍，将所有的琐事抛之脑后。不受时间约束地阅读，不被任何人打扰。

所以我很珍惜每天回到家独处的时间，身体被包裹在舒适的躺椅里，做几分钟冥想，捧起一本新淘来的书，沏一壶香浓的黑苦荞茶，享受一场与素未谋面的作者的心灵对话，一个人的时光也可以很浪漫。

便携式音响

我的生活离不开音乐和书籍，就像很多人的生活离不开咖啡和美酒一样。

拥有一款音质好、续航时间久的便携式音响绝对是音乐发烧友的福音。体积小，方便携带，是它最大的优势。浴室、卧室、办公室、户外等都是它能发挥作用的场所。智能音响通常都配有 APP，可以进行个性化控制，比如让低音更明显、中音更响亮或者人声的质感更饱满之类的。

周末收拾房间我都会打开它，播放着自己喜欢的歌或者喜马拉雅的节目。被背景音乐环绕着的屋子像一个巨大的蘑菇伞，保护着只属于我的一片小天地。也正是小小的它，让打扫卫生变成了一件不是那么无聊的事。

音响这个领域的选择空间很大，大家可以按照自己的需求和预算来选择一款适合你的便携式音响，让独处的时光变得温馨起来。

来自纯棉的关爱

内衣、袜子、秋衣、秋裤等贴身衣物，一定要选质量好、舒适度高的。这些日常消耗品与我们的肌肤时刻亲密接触，对健康起着至关重要的作用。我个人在购买贴身衣物时基本上都会选择含棉量在百分之九十以上的。

像棉、麻、丝、毛、皮属于天然纤维面料，原材料主要从自然界获取，在加工过程中不含或者含有较少的化学添加剂。

涤纶（聚酯纤维）、锦纶（聚酰胺纤维）、腈纶（聚丙烯腈纤维）、氨纶（聚氨酯弹性纤维）属于化学合成纤维面料，原材料主要从石油化学产品中提取。天然面料和化学面料各有优缺点和特性，有型和健康都重要！

因为我喜欢穿乐福鞋搭配铅笔裤，袜子就成了我的小心机搭配之物。袜子其实和内衣一样，面料和织法都会影响穿着体验。它不仅要兼具吸汗、舒适、保暖的作用，同时也要做到好看。

低腰、中腰、高腰的袜子我都会入手，穿起来慵懒可爱。作为穿搭吸睛的小亮点，袜子高于脚踝一点或者直接穿到膝盖处，都能搭配出不同的风格。

个人很喜欢 Happy Socks 这个品牌。它起源于瑞典，2019年荣登"胡润全球袜业企业创新百强榜"，设计师的理念是"把幸福和色彩传播到世界的每一个角落"。因为图案丰富，色彩鲜艳，超级有创意，而且采用的都是精梳棉，有时候，我恨不得把每个图案都买回家。

逛展览的时候，我会特意挑选一些展品和博物馆联名款的袜子，它们和帆布袋一样，算是最实用的纪念品了。

沁润洗护，唤醒清爽肌肤

说到对头发的护理，不得不先提一下我那头飘逸长发的遭遇。

当年学校要求女生必须剪短发，迫于学校的规定，我在初中和高中曾经两次被迫剪了短发，所以我内心很排斥短发，对留长发有执念，以至于高中毕业后，有一种终于能实现长发自由的感觉！说实话，直到现在我也没理解强制让女生剪短发和"好好学习，天天向上"之间的必然联系。

如果校方认为女生会因为留长发而耽误学习，从而让女生剪短发，那么对于男生的约束又体现在哪里呢？

每次去理发店，都会被 Tony 老师吐槽你怎么留这么长的头发，只有我自己心里明白，这头长发是多么来之不易。

如果你是自来卷和沙发发质的话，短发要比长发更难打理，特别是当头发长到脖子处，不长不短，更是难受。如果遇到阴雨天，那就成了不折不扣的"炸街三件套"——短发、沙发、自来卷。

这些年我陆续用过很多梳子，气垫梳、滚筒梳都是用了一段时间就果断放弃了，不是梳不通我这头天生的沙发，就是难以清洗。直到我发现"蚊香梳"以后，就再也没有换过梳子了。别看它长得像蚊香盘，从好梳程度到方便清洗程度都可以算得上是性价比超高的一款梳子了。

每次洗完头发后，我都会在头皮上滴几滴精华，在湿漉漉的发梢处抹上护发精油，这样吹头发的时候会减少很多损伤。对了，别忘记戴耳塞，可以降低吹风机的噪声对耳朵的伤害。

在工作中感到疲劳时，可以用檀木做的经络按摩梳来回按摩头皮的穴位，也能起到放松的作用。

有多少朋友和我一样，喜欢用那种不假滑又清爽的沐浴露？我个人很喜欢用海茴香、马鞭草香型的液体皂。洗完澡皮肤既不会干燥，又留有独特的自然植物的余香。一款好的液体皂会让洗澡变成一件享受的事儿。毕竟像我这种香氛爱好者是连浴室都不会放过的。

平时在生活饮食中，少吃薯片之类的膨化食品，多摄入富含蛋白质的食物，比如新鲜的鱼虾、豆制品、坚果等有助于提高头发的亮度和韧性，亲测有效。

护手霜

都说手是女人的第二张脸，在我的包包里一年四季都能翻到各种各样的护手霜。

夏天，我通常会选带有防晒值的护手霜；冬天，则选择以滋润修复为主的。尤其是香氛品牌的护手霜，涂抹的时候仿佛在涂香水，闻着清新的花香、果香，上班的心情都变好了。

最近，我还喜欢用添加玻色因成分的护手霜，帮助去除手上的纹路。亲爱的朋友们，临睡前，别忘记涂抹上一款你喜爱的护手霜，它会呵护着你的双手，让你无惧时光。

精油——藏在香气里的小惊喜

"芳香疗法"（Aromatherapy）这个名词最初是由法国化学家雷奈摩里斯·加德佛塞（Rene-maurice gattefosse）所提出的，但实际上，用天然植物精油对人们进行生理和心理方面的调整，使身体恢复到自然平衡状态的方法已经有几千年的历史了。

精油在古埃及文化中占有重要的地位。相传，埃及艳后克娄巴特拉（Cleopatra VII Philopator）就非常喜欢使用玫瑰精油和茉莉精油进行沐浴和美容，以保持她的美貌和魅力。到了中世纪，精油被广泛用于制作草药药膏，修道院的修士们会利用精油辅助冥想以及治疗各种精神疾病。它是一种对身体、心灵整体的疗愈。

据悉，德国、法国、英国、美国、澳大利亚、新西兰、加拿大、瑞士等30多个国家已允许使用"芳香疗法"辅助医院护理工作。可见，时髦的精油疗愈早已风靡全球。

迷迭香精油、尤加利精油、檀香精油、薰衣草精油、甜橙精油、茶树精油、生姜精油、玫瑰精油、荷荷巴油（基础油）、甜杏仁油（基础油）的功效各不相同，在这里，我简单列举一些买过的精油，感兴趣的朋友还可以解锁洋甘菊精油、依兰精油、乳香精油、鼠尾草精油等天然植物精油的奥秘。

迷迭香精油可以有效帮助治疗偏头痛、神经痛、神经衰弱、哮喘、支气管炎、鼻窦炎、肠胃不适、关节炎等疾病。

尤加利精油则有抗病毒的功效，对治疗伤口发炎、烫伤等皮肤问题有显著效果。

檀香精油具有镇定安神的作用，它能提高人体免疫力，调节荷尔蒙的分泌。

薰衣草精油具有抗抑郁、杀菌消毒、祛痘、催眠、驱虫、降血压、妇科抗炎等多重功效。

甜橙精油具有增进活力、刺激食欲、保湿补水、淡化细纹、预防感冒等功效。

茶树精油具有很好的抗菌消炎作用，可直接涂在皮肤上使用，针对油性及混合性皮肤常见的痤疮、炎症、青春痘有调理修复功能，它也可以帮助改善油性发质和头屑过多的问题。

生姜精油有助于化瘀祛寒、祛除肠胃胀气、止泻、保暖、滋养生发、滋补元气等。心理层面上具有安神、增强自信、使心情愉悦等疗效。注意，生姜精油不适合做面部护理。

荷荷巴油作为一款百搭的基础油，因富含维生素 E、维生素 A 等多种维生素，具有抗氧化、促进伤口愈合、滋润皮肤的作用。同时，它还具有促进头发生长、清热解暑、缓解肌肉疼痛、预防心脑血管疾病等功效。

甜杏仁油和荷荷巴油一样，也是常见的基础油，它可以有效消除妊娠纹，并且因其极为温和，婴儿都可以使用。

这里面我最爱的当属玫瑰精油了。

玫瑰精油堪称世界上最昂贵的精油之一，因此被誉为"精油皇后"。大约 5 吨重的玫瑰花朵才能提炼出两磅的精油。保加利亚的大马士革玫瑰（学名：突厥蔷薇）因其花瓣浓郁的香气和丰富的油脂被当作制作精油的上等原料。

新疆、甘肃产的玫瑰精油性价比也很高。

玫瑰精油的功效太多了，根本说不完。由于它的分子结构非常小，能在 3~5 秒内穿透皮肤的真皮层，所以祛黄提亮、保湿补水、延缓衰老效果明显；它还可以调节神经系统，强化心灵，改善睡眠质量，舒缓焦虑紧张的情绪；调理子宫，增强卵巢机能，缓解内分泌失调、痛经或更年期不适等症状。

一片片单薄脆弱的玫瑰花瓣却有着强大神奇的疗愈功能，感谢大自然给予人类的恩赐，每一寸泥土、每一支根茎，都承载着生命的奇迹。

我在日常护肤时，会在掌心滴一滴复方玫瑰精油，然后用指尖将面霜与精油充分融合，再涂抹到脸上，按摩至完全吸收，美白嫩肤效果立竿见影。

提示一下，因精油具有活血功效，孕期、哺乳期的朋友不宜使用。此外，单方精油属于未经混合的纯粹精油，由于它的浓度很高，直接涂抹上脸会造成过敏或烧伤，因此须与基础油稀释之后方可使用。甜橙精油等柑橘类精油在使用后不宜晒太阳。

有时间的话，你可以在家自己 DIY 各种精油护理配方，将玫瑰精油与甜橙精油、檀香精油、荷荷巴油、薰衣草精油、迷迭香精油等互相搭配使用，按摩、沐浴、熏香、直接吸嗅、护肤、洗发，像拥有古老智慧的女巫一样开启一段魔法精油之旅！

每年 6 月份的第一个星期天被保加利亚人定为"玫瑰节"。我的"旅行愿望清单"上有一站便是保加利亚的卡赞勒克玫瑰谷。沐浴着阳光，置身于玫瑰花田的芳香中，汲取最纯净的本源能量，若还能赶上一年一度的"玫瑰节"，那便是再美好不过的事啦。

香水

说到香水，你可能会第一时间联想到法国。实际上，世界上第一款真正意义上的现代香水诞生于 14 世纪的匈牙利。这款奉伊丽莎白女王之命，由迷迭香等植物精油和酒精混合而成的香水在当时被命名为"匈牙利之水"。

2018 年的秋天，巴黎老佛爷百货 Louis Vuitton（路易威登）专柜里挤满了人，大多数客人都围在箱包柜台，唯独一片小小的香水区域甚是冷清。柜台后面站着一位很绅士的法国老爷爷，他不慌不忙地摆弄着一瓶瓶香水，有种悠闲淡然的姿态。

可能我是他当晚为数不多的客人之一吧，他很耐心地向我推荐着品牌新出的香水。但我知道 LV 以前没出过香水线，它的香水真的会好闻吗？他似乎看出了我的迟疑，一边拿着一款他自选的香水，一边对我说："这是 LV 自 1946 年以后时隔 70 年推出的新品，你可以试试看。"

我闻了闻，浓郁而纯正的玫瑰香气扑面而来，与我以前买过的玫瑰香水很不一样，着实给我的嗅觉带来了不小的惊喜。

后面他又给我试了几款加了皮革味的香型，但都没能令我满意。在得知我最终还是选择第一款时，他意味深长地笑着对我说："我也最喜欢这个味道，你真有品味。"

第二天清晨，在前往机场的路上，我迫不及待地把这个混合着神秘、甜美的香水涂在了手腕处，摇下车窗，随着丝丝凉爽的微风拂过，感觉真的如瓶上所写——Rose Des Vents，是风中的玫瑰啊。

有一次逛街，想着把快到期的优惠券用掉，路过 Jo Malone（祖·玛珑）香水柜台的时候我特意停留了一阵，看看有没有什么新品，这时候，一旁走过来一位阿姨，大概 50 岁出头，很精神。就在柜姐正拿着香水帮我试香的时候，阿姨问道："有没有我们这个年纪用的香水？给推荐推荐。"

　　柜姐帮我试完香后给她挑了一瓶基调比较浓的香水，阿姨闻了闻似乎不太喜欢，她的眼神在一排排香水中不停地打量，犹犹豫豫的，想说什么，但又不知道怎么开口。

　　我在旁边隐约感受到了阿姨的困扰，心里也想帮她选到一款适合自己的香水，就转过身来坦诚地对她说："阿姨，您别老说什么我们这个年纪，您看起来很精神，可以试试他们家新出的这款，味道很清新。"

　　阿姨听我这样说露出了惊讶的表情，似乎很吃惊旁边的这位姑娘竟然看出了她的心思，然后开心地笑了，拿着品牌新出的那瓶清新香调的香水，放到鼻子跟前闻了闻，脸上浮现出满意的神态："好，就选你们年轻人推荐的。"

　　我当然不是托儿，只是希望每位女性都不要把年龄当成一个框框，把自己硬生生地给框进去，好像在某个年龄段就必须要干什么事，穿什么样的衣服，喷什么样的香水，过什么样的生活。只要你愿意，在任何年龄段，日子都能过得红红火火。

　　内在的优雅和自信是女人最好的品味。

　　和护手霜一样，香水也是很私人的物件，它是一种自我表达，最能代表一个人的气质。花香调如玉兰、百合、茉莉、玫瑰、桂花、橙花、铃兰、忍冬、栀子花都是我的心头好，轻盈、淡雅。就连发香喷雾，我也会选择馥郁、清甜的味道。在发丝被风吹过的瞬间，空气中弥漫的芬芳会让人沉醉不已。

　　这些年，伴随着铺天盖地的宣传广告的轰炸，香水的香调似乎被过分神化了。其实今天，大部分香水中的成分只有10%

是天然的，剩余的 90% 都是化学合成物。

时尚作家黛娜·托马斯（Dana Thomas）在《奢侈的》一书中提到过，爱马仕著名专属调香师让－克劳德·艾列纳（Jean-Claude Ellena）大师曾被问过诸如香水的前调、基调的问题。他认为在闻香水的时候，闻到的就是所有的气味。有些品牌为了最大程度降低成本，会要求实验室用比较便宜的花和化合物来改变配方，甚至稀释经典香水，毕竟通过纯植物萃取精油的制作成本是相当昂贵的。

当然，随着温度和时间的变化，经过挥发，香气自然而然也会产生相应的变化。但我觉得涂香水嘛，轻松随性点，没必要给它赋予太多的神话。

最后，由于大多数香水里都含有酒精成分，为了防止挥发，平时请尽量把它们放在阴凉、干燥的地方，避免阳光直射。

香氛蜡烛

我一直认为香气有美妙且神奇的治愈能力，自然的味道萦绕在有限的空间里能让心灵远离喧嚣，回归内在的平静。而点燃一支蜡烛就是我能给自己制造的最简单的浪漫。

我买过很多品牌的香氛蜡烛，每个品牌对香气的把握甚是不同，但比起香调，质量是我挑选蜡烛的首要因素。

像 Cire Trudon（香烛）、Acqua Di Parma（帕尔玛之水）、Diptyque（蒂普提克）的香氛蜡烛都是我家里经常会用到的品牌。

Cire Trudon 这个洋溢着巴黎人内在的优雅气息和仿佛来自奇异岛屿的香氛，创立于 1643 年。瓶身贴有金色浮雕印章，采用的原料是椰核、大豆、棕榈等纯植物油。最让我对它赞不绝口的一点是，它燃烧后，表层蜡油融化得很平坦，呈现完整的蜡池，不会凹陷。

提示一下，孕期以及过敏者还是不要使用香氛蜡烛和香薰。我觉得除了夏天，其他季节都挺适合点蜡烛。特别是在冬日里，点燃一支香氛蜡烛，会给房间增添一丝温馨和柔和。

香氛蜡烛每次燃烧的时间最好维持在 1~2 小时之间。点蜡烛时别用打火机，可以用长柄火柴或点火器，防止烫手和燃烧不均匀。熄灭蜡烛的时候，用专门的灭烛罩罩住蜡烛芯以隔绝氧气，这样就不用担心冒出来的黑烟和焦味影响室内空气了。

除了香氛蜡烛，我平时还会在客厅放置一盘水晶扩香石。它们由不同种类的天然晶石组合而成，比如巴西绿东陵、非洲黑碧玺、纳米比亚蓝纹石、摩洛哥闪灵洞、巴西黄水晶等。

夏天，如果你嫌热，不想点蜡烛，那么滴上两滴精油在晶石上即可，扩香时间可以持续很久。天然矿石具有神秘的疗愈能量，淡淡的香气令人心旷神怡，摆在家里，清凉感十足。

花好月圆，人长健

克里斯汀·迪奥（Christian Dior）曾说过："幸好，世间还有玫瑰。"

说起家居好物，鲜花的装点必须值得一提。

　　我个人偏向于养水培鲜切花。一是好打理，二是更新频繁，几束玫瑰就可以带来一周愉悦的心情。我刷社交软件时最喜欢看的视频之一就是网购鲜花开箱视频。相信我，一旦入了坑，就很难出来。

　　每年十一月到二月是我网购鲜花比较频繁的时间，玫瑰真的是冬日里值得拥有的浪漫。现在各大平台推出的小程序很多，大家可以多尝试几家店，找到自己满意的平台。

　　植物有治愈心情的能量，鲜花在哪儿，氛围感就在哪儿。弗洛伊德玫瑰以绚烂张扬的姿态绽放出深情的火焰，与簇拥成团的小雏菊形成强烈的对比，前者如同恋人眼中毫无保留的爱意，后者好似从原野空谷中走来的少女，清新淡雅；丰满艳丽的洋牡丹温柔可爱，与印象派画家笔下微妙与细腻和谐的氛围融为一体；又或是弥漫着芳香的紫罗兰，永恒而高贵。每一瓣花朵的姿态，都会让我在暗香浮动中沉醉。

　　奥斯汀花型的玫瑰是我的挚爱，比如康斯坦茨玫瑰，宛若月下的仙子，散发着荔枝的香味，有一种让人怦然心动的美。我推荐新手小伙伴们最开始可以买一些遇水就"炸"，好养活的品种。比如弗洛伊德、朱小姐、荔枝、火灵鸟、朱丽叶塔、洛神、美琴、凯拉、紫霞仙子、洋甘菊、非洲菊、重瓣百合、洋牡丹、郁金香等。只要平台严格筛选，以上这些品种是不会让新手们失望的。

　　日常养护时，滴上适量的HVB鲜花保鲜剂，能够抑制细菌滋生，保持水质清洁，延长花期。

大家还可以根据色系来进行搭配，或者搭配一些草花打造出层次感。

相比红玫瑰的浓烈，我更爱白玫瑰的清雅，而在一众白色玫瑰品种里，我隆重推荐坦尼克（Tineke）白玫瑰。它绝对是白色系玫瑰里的"当家花旦"。它是 2007 年底首次从荷兰引进到中国的，花头比一般的玫瑰大很多，花苞完全绽放能达到手掌那么大，花期长，非常好养。

它的花语是纯洁、高贵，集爱与美于一身。摆在桌上，它总能让我联想到洁白浪漫的蕾丝婚纱和高贵威严的冰雪女王。凋零之后，把它倒挂起来做成干花，依然会散发着幽幽的香气。

红色系的花朵看腻了，不妨试试用绿色系的花朵搭配白玫瑰，比如绿色的康乃馨、剑兰、洋桔梗、绿掌、绣球、蕙兰兰花、小雏菊、小乔玫瑰，白与绿的配色可是出乎意料地高级清新呢！

冬天，若想要增添办公室的氛围感，可以养几簇干枝雪柳。泡在瓶子里，1 米多长的枝条上会慢慢开出星罗棋布的白色小花，超凡脱俗。与玫瑰不同的是，柳枝每天都会给你小惊喜。米粒大小的白花不会渐渐凋零，而是越来越密集，像雪花落在枝条上，枯木逢春。花开败了，也可以继续水培养护。

不过有时候，买花也会踩雷。比如有一次，我买了 20 枝 A 级卡罗拉红玫瑰，理论上来说，A 级品质应该很好，但收到货才发现刺太多，多到我用坏了两个打刺钳，上面还是有很多密密麻麻的粗硬刺，根本没法用手拿。

蓝星花的颜色很美，但全株都有白色汁液，大家剪根的时候要注意，戴上手套，避免白色的汁液流到手上引起皮肤过敏。至于灰霉、铁头等问题，偶尔也会遇到。

虽然拆箱、打刺、醒花、换水、剪根这一系列都是体力活，即使戴上手套，不小心还是会被花刺划伤手指，但当把它们"盘"成花球插进花瓶的那一瞬间，你会感慨这些体力活没有白费。

万物皆有灵，我经常会轻轻地抚摸这些脆弱的玫瑰花瓣，赞美它们是如此美丽、娇艳。可爱的是，我发现当它们"听"到这些赞美后，花期真的延长了，开得更加持久了。

冬天的北京，天空时常灰蒙蒙的，树上的叶子早已落尽，冷风一吹，给人一种萧条的感觉。忙碌了一天工作，回到家里，倒在沙发上，点一支自己喜爱的香氛蜡烛，看着燃烧的小火苗在花海中跳跃起舞，空气中混合着天然花香和蜡烛的味道，再给自己倒一杯甜甜的冰酒，放一首 Jessie Ware（杰西·薇尔）的 *Say you love me*，迎着窗外的月光，闭上眼，感受花朵的能量。一天的压力都会得到释放。

屋里屋外极大的反差，会让你感觉在平凡的冬日里，处处见生机。

既然开不了花店，那就让家里变成一片花海吧。在有限的空间里种满自己心爱的玫瑰，这座"玫瑰园"将安放你的幸福与羁绊，谁也斩不断！

第五章

给生活加点糖

生活是酸甜苦辣的结合体，日子永远是过给自己的，我们要学会在波澜不惊的日常里给生活加点"糖"。

　　甜品，这个菜单中的配角，不仅给人们带来了欢乐，还能在特定时刻发挥出乎意料的点睛作用。

　　记得那是多年前的一个假期，我第一次去巴黎，本想来一场开心的购物给欧洲之旅勾勒出圆满的终章，却没想到那天巴黎的天气很阴沉，整个城市都被笼罩在灰蒙蒙的天空之下。

　　走过一条条街道，阵阵冷空气扑面而来，路人们的穿着都比较随意，疲倦而急促地穿梭在狭窄的马路上，车里的人不耐烦地按着喇叭，催促着挡住道路的行人。看来天气真的会影响人的心情，起了个大早，满怀期待的我略显失落。

　　对于很多人来说，巴黎早已从一座城市变成了象征着浪漫、自由、时尚、松弛的法式代名词。但真实的巴黎到底是什么样子？人们爱的是现实中的巴黎，还是文学作品中的巴黎？幸好此前我没有"巴黎综合征"，面对旅行中出现的小意外倒也能坦然接受。

　　旅行就是这样吧，到了目的地，你会发现很多东西跟想象中的完全不一样。

　　我一个人去意大利旅游的时候，坐地铁时遇到过帮忙搬行李箱的热心人，坐飞机时遇到了颇具绅士风度的意大利大叔，但一路下来，也遇到过让我不愉快的人和事。

还没来得及抱怨，我突然发现街边拐角处有一个装修典雅的甜品店。Pierre Hermé Paris 这 16 个简约的白色字母被印在黑色的门店招牌上，透过擦得锃亮的玻璃橱窗，能看见一排排五彩斑斓的马卡龙整齐地陈列在柜台里。

这些粉色、黄色、绿色、棕色的小圆饼似乎有着某种魔力，吸引着我踏进了店铺。

面对着琳琅满目的马卡龙，我犯起了选择困难症。马卡龙上面没有过多繁复的装饰，颗颗饱满、真实。店员礼貌地给我推荐了几种口味，随即把几个可爱的马卡龙装进了橙色的长方形盒子里。

店里没有座位，我拿着橙色盒子走出店铺，在路上就迫不及待地尝了两种口味，当即觉得最错误的决定是我只买了一盒。

以前在美国吃过的马卡龙总是甜到让人忧伤，仿佛这道甜品的特点就只剩下甜了。Pierre Hermé（皮埃尔·赫梅）的马卡龙却颠覆了我对甜品的刻板印象，它更像是时装界的高级定制。

一口咬下酥脆的玫红色外壳，齿间瞬间被清新馥郁的玫瑰香气所包裹，口感层次丰富，甜度刚刚好。这甜而不腻的杏仁小圆饼唤醒了我一整天的精气神。再尝一个咖啡味的马卡龙，略带一丝苦味的咖啡香气很好地中和了刚才的香甜。

看着盒子里仅剩下的柠檬味和开心果味的马卡龙，我意犹未尽。我知道它应该搭配茶和咖啡吃，可漫步在巴黎街头的我彼时心情大好，早已管不了那么多了。

后来，我才了解到 Pierre Hermé 先生被誉为"甜品界的毕加索"，他制作的甜品更像是艺术品，潜藏着深厚的制作功底和无限的创新。

他大胆地运用当季的食材进行混搭，调配出人们意想不到的口味，在突破传统的同时，又将别出心裁的创意融入了这个有着 500 多年历史的法国甜品中。

这轻轻的 11 克重量的幸福治愈了巴黎阴沉的天气以及我沮丧的心情，也许这就是甜品的力量吧。

在罗马城漫步的时候，随处可见街边的Gelato（意式冰激淋）店铺，我总是会禁不住诱惑进店尝尝。意大利的Gelato品牌有很多，Venchi、Grom、SUSO等各有各自的特色，完全不会踩雷。从酸甜可口的覆盆子口味到香浓顺滑的黑巧克力口味再到我最爱的开心果口味等，用时令水果和天然坚果制成的低糖低脂甜品是添加了人工香精的冰激淋完全无法替代的。

那段时间，我几乎每天都会炫上两个Gelato以解馋。

对了，如果你到了佛罗伦萨，别忘了去尝尝有名的Affogato。

Affogato 的意思是把新鲜萃取的意式浓缩咖啡浸没在香草冰激淋里，让咖啡的苦味和冰激淋的甜味恰如其分地融合在一起，共同谱写出一曲冰与火之歌。有时，店家还会在杯壁内侧撒上一圈巧克力碎或者开心果碎以丰富口感的层次。

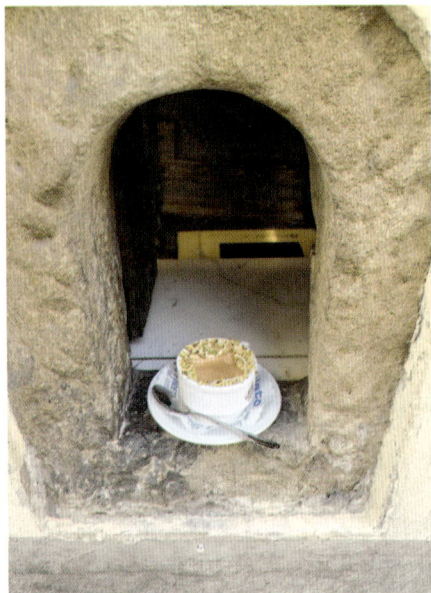

冰激淋有这么多吃法，意大利人真是把Gelato玩出了花。

回国后，我的味蕾依然想念着这一口纯正的清凉冰甜。炎炎夏日，何以解暑？当然是站在街头炫一个低脂美味的 Gelato。没有什么烦恼是一个"球"解决不了的，如果一个"球"不够，那就再来一个！

秋季是意大利西北部阿尔巴镇盛产白松露的季节，每年这里都会举办全球规模最大的白松露交易会。作为托斯卡纳大区的首府，在佛罗伦萨的很多餐厅都能吃到带有白松露的美食。白松露的产量要比黑松露低得多，香气也要比黑松露更加浓郁。

到了机场，别忘了带一瓶白松露橄榄油作为伴手礼，这样即使到了家了，在享用美食的同时，也能回忆起意大利的味道。

世界上没有人能拒绝巧克力。松露巧克力、榛果巧克力、酒心巧克力、牛奶巧克力、抹茶巧克力、橘条（柠檬条）巧克力等，哪一样拿出来，都能让人无比开心。有段时间，我迷上了黑巧克力。纯正的黑巧，配料极其简单，就是可可豆，或者可可液块和可可脂。

我把它当作平日里的健康小零食，饿了的时候会吃一小块，增加饱腹感。黑巧中含有一种名叫"类黄铜"的抗氧化剂，能调节人体免疫力。与此同时，其中的"可可碱""苯乙胺"还具有抗抑郁的功效，是天然的减压剂，适量吃一些，对身体有益处。

我喜欢黑巧在舌尖慢慢融化的过程，仔细品尝，可以感受到不同程度的酸度、苦度和果味。

不同种植园产的可可豆风味截然不同。委内瑞拉的一些种植园产的可可豆有莓果等水果的香气。马达加斯加的种植园产的豆子会有微妙的木质香气和樱桃、柑橘类水果的果香。印度尼西亚种植园产的豆子则通常有焦糖和柑橘类水果的香气。如果你有兴趣，还可以解锁秘鲁、多米尼亚共和国、厄瓜多尔等地区的可可豆风味。

说了这么多，是不是感觉有点蒙，实际上，当你品鉴它们时，很难弄清这些豆子的香气和产地的区别，酸味和苦味才是大多数时候你的舌尖感受到的味道。

如果说要举办甜品大赛的话，来参战的必有新疆甜品——娜帕里勇。

其实娜帕里勇的起源地并不是新疆，就像很多新疆传统糕点是从俄罗斯和中亚地区传过去的一样。它诞生于 2010 年上海世博会，是乌兹别克斯坦展馆和新疆餐饮公司交流创新的结果。这个白色长方形的块状小蛋糕散发着浓郁的奶香，中间夹杂着多层酥皮，一口咬下去，就是幸福的味道啊。

有一次，姐姐请我们吃饭，在一众烤包子、大盘鸡、烤肉、过油肉拌面、凉皮子组成的"勇士队伍"中，她一定不会想到饭后让我回味无穷的竟然是这最后一个"小兵"。

新疆夏季的炎热能烤化天上的云朵，冬季的寒冷能冰封万里湖泊，极端的地貌和气候条件让这片土地上的美食也变得极致起来了。

生活是酸甜苦辣的结合体，日子永远是过给自己的，我们要学会在波澜不惊的日常里给生活加点"糖"。

甜品就像美酒一样，小酒怡情，它能给人们带来精神上的慰藉。而品味高水准甜品的过程一定是自由、轻松、开心的。让我们在清醒的现实中，给自己来点如梦似幻的甜蜜小惊喜吧。

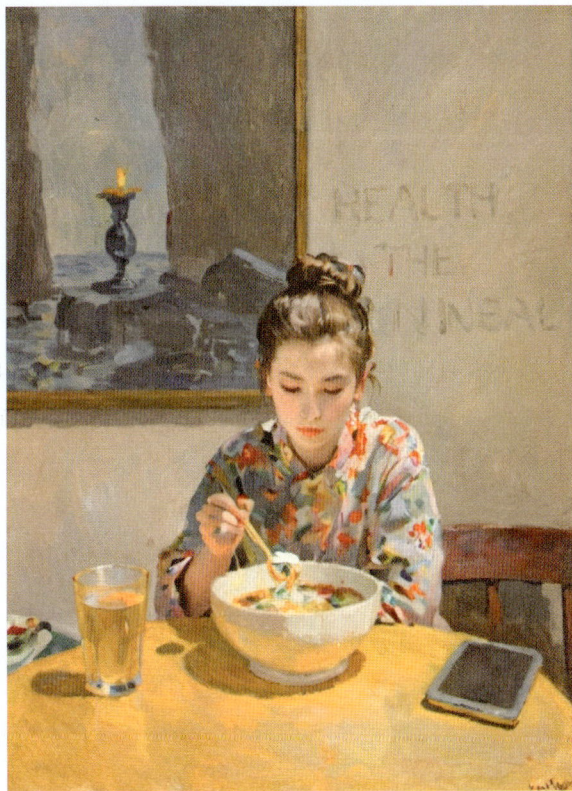

第六章

做一个有态度的消费者

千禧一代和 Z 世代的消费者购买奢侈品牌，更多是为它的设计、工艺和文化买单，他们更希望突出自己与众不同的品味，够"酷"对他们来说才有吸引力。

在每一次探寻品质生活的购物过程中，请做一个有态度的消费者。

近年来，很多品牌方捧着中国市场这块超级大蛋糕，赚着亿万中国人民的钱，却又不尊重、不重视中国文化的行为，着实让人恼火。诸如服装品牌、美妆品牌、汽车品牌等。

可每次事件的热度也就持续发酵那么几天，过一阵子，大家就没那么关注了。在事件发生后，这些品牌的公关大多会发一个不疼不痒的公告。眼看着舆论压不下去了，就发一些不走心的声明，或者编一些类似"账号被盗"等令人无法信服的理由。如此傲慢的姿态，广大网友和消费者是不买账的。

有些品牌的营销策略甚至是在冒犯消费者，从而激起人们的情绪反应，一部分人为了证明自己有这个实力，就加大在该店的购买量。

那么到底是谁给了这些品牌肆意妄为的底气呢？

也许是我们自己。

一些顾客甚至在事件发生后依然选择走进这些店里购买服装。随着时间的推移，当年的伤痛就这样被遗忘了。

尊重是相互给予的，而不是单方面居高临下的俯视。傲慢和偏见不会使人更加高贵，只会让人显得狭隘和无知。作为一个有态度的消费群体，当我们受到区别对待时，应该摘掉对品牌的"滤镜"，坚决抵制这些分裂国家主权、不尊重中国传统文化的品牌。

我相信朋友们大多经历过有关销售人员服务态度差而导致购物不愉快的事情。我想大家遇到这种事的心态一开始都是算了吧，何必较劲呢？可如果人人都抱着这种得过且过的心态，那么整个行业的风气只会越来越差，因此我们就不该妥协。

一线销售恶劣的态度会严重影响品牌的形象，让消费者对该品牌的定位、产品及售后产生极大的不满，从而最终导致客户的流失。有时候，销售漫不经心的态度甚至会失去一个潜在的大客户。

多项报告预测，2025 年中国将可能成为全球最大的奢侈品市场。不只是一线城市，几乎所有的奢侈品品牌都在加速向二三线城市扩张。品牌方也越来越重视年轻群体，从各大品牌每年春节推出的限定款就可以知道这个趋势是不可逆的。

天猫奢品中心与贝恩公司联合发布的《2020 年中国奢侈品市场：势不可挡》报告显示：中国的千禧一代（生于 1980 年至 1995 年，约 3.2 亿人）是天猫奢侈品的消费主力军。Z 世代消费者（生于 1995 年后，其中 20 岁及以上，约 8000 万人）正在成为新崛起的消费人群。

根据南财智库——21 世纪经济研究院、仲量联行联合发布的《女性消费力洞察报告（2024）》数据显示，中国拥有近 4 亿年龄在 20~60 岁的女性消费者，每年掌控着高达 10 万亿人民币的消费支出。

必须承认的是，这个消费新趋势未来一定会对零售市场的线上及线下产生深远的影响，并诞生意料之内的巨大商机。

如果说 20 年前很多人购买奢侈品是为了彰显自己的身份，炫耀财力，不关心品牌背后的历史、文化和设计，那么今天，千禧一代和 Z 世代的消费者购买奢侈品牌，更多是为它的设计、工艺和文化买单，他们更希望突出自己与众不同的品味，够"酷"对他们来说才有吸引力。

这与 20 年前人们的消费观是完全不同的。

放眼全球，中国巨大的市场体量是一个名副其实的香饽饽。而我相信 80 后、90 后、00 后是一个有经济实力且有态度的年轻群体。再过 10 年、20 年，我们就是这个社会的中流砥柱，那么作为一个有实力、有个性的消费群体，我们是不是该为争取自己的权益做出一些改变呢？是不是应该利用好这个庞大的影响力，让行业风气变得更加真诚一些呢？

我们满心欢喜地去购物，本来是一件开心的事情，不应该被不相干的陌生人以不礼貌的方式对待。我可以理解销售在对待 VIP、VIC 客户和散客的服务上会有差异，但我不认为散客就应该被轻视。

营销的策略不胜枚举，品牌可以选择的方式也非常多，但关键还是要用心。尤其当流量红利退去时，用心经营产品质量，用心做好口碑，才是一个品牌在时代浪潮中应当长期坚守的核心价值观。

消费者的眼睛是雪亮的，销售人员与客户之间专业、真诚的相处模式才是王道，才可以让品牌走得更远。

世界很大，哪里都有真诚可爱的人，而在购物这件举足轻重的事情上，服务行业可以做的还有很多。

有消费就有储蓄。说到理财，我相信大家都有自己的小诀窍，如何通过资产配置让自己的财富保值并且增值，是我们一生要不断学习的课题。

储蓄的意义不用再赘述，卡里一串数字组成的安全感有时比男朋友还要可靠。当你想离开一个让你身心俱疲、痛苦不堪的环境时，这串数字就是你说走就走的底气。

量入为出，达到收支平衡、略有结余的程度当然是好的。但存不到或者实在不想存的时候也没必要勉强自己，毕竟通过降低生活质量来存钱的方式会让人更加没有安全感。

开源与节流同样重要，与其从各种开支中"省省省"，我更倾向于思考如何创造更大的价值以满足自己的需求。

下面这些小 Tips 也许会对你有所帮助。

第一，遇到可买可不买的东西，果断不买。

比如你已经有很多根口红了，但是架不住品牌方推出的新款色号，心中涌起了都想要收入囊中的冲动，这个时候就不要买了，因为真正适合你的口红色号一共就那几类，再买新的也不会差太多。

以此类推，腮红、眼影盘、粉底液、气垫等也是这样。生活中的很多东西都属于同一大类，实际上，这些同一类别但是金额较小的商品加起来的流水更容易让你的钱包在不知不觉中慢慢变瘪。

第二，有些时候可以强迫自己用现金支付。

在国内，几乎人人都用微信、支付宝付款，快速输入密码，钱哗的一下就刷过去了。虽然这种支付方式很便捷，但是花钱的时候看到的只是一串数字，大部分人是没什么感觉的。反之，如果你用现金支付，一沓红色百元大钞堆叠起来的重量就让人感觉不一样了，你会觉得这些钱花得是有分量的。现在，很多大型商场都收现金，大家可以取出一部分现金用来购物，感受下这个方法带来的改变。

第三，平时还可以学习一些金融知识，根据自己的风险承受能力和投资目标购买投资理财产品，说不定会有意想不到的收益。

不同的理财产品具有差异化的特征，请进行风险评估并充分比较后再选择购买。在不懂的时候，基金、保险、股票和其他金融理财产品还是不要入市，以免被当成韭菜割。

在物质生活如此丰富的今天，姑娘们不仅要做一个有态度的消费者，更要做一个有智慧的生产者。拥有延迟满足的心态，我们不但收获了耐心，更学会了如何克制欲望。

第七章

珠宝人生

珠宝是女人最亲密的盟友，它们沉默却讲述着永恒的故事。

　　——可可·香奈儿（Coco chanel），法国时装设计师

配饰和珠宝的区别

莎士比亚曾说："珠宝沉默不语，却比任何语言都要打动人心。"这句话完美地诠释了珠宝对于女性的意义。

珠宝记录了佩戴者珍贵的回忆与独特的情感故事，日月如梭，年华似水，这些故事随着时光流转而被永久传颂。

我相信每个爱美的女孩都有一个属于自己的珠宝盒。这些陪伴我们的首饰，无论是耳环、项链、手镯、戒指还是胸针，都是为日常搭配加分的时尚单品，也是我们可以传承给子女最特别的礼物。

说到配饰和珠宝，我本人算是狂热分子，购买的过程中也在不断更新自己的珠宝知识，在此给大家分享一些我的经验，希望对你有帮助。

从材质上来讲，配饰和珠宝有很大的区别。

配饰一般选用的是非贵重金属材料，比如铜、钢、合金、塑料、木头、人造宝石、贝壳、水晶、玻璃、皮制品等，大多价格低廉，平日里更换速度也快。

一些大品牌的饰品也会选用这些材质。就像很多男生无法理解，为什么一个香奈儿的铜质耳环或者皮穿链的 Choker（贴颈项链）能卖到几千甚至上万，他们可能也不理解自己女朋友为什么会为一堆"破铜烂铁"买单。那是因为它的设计确实很美，再加上品牌的加持，溢价的那部分就容易被大家忽略。

这些年，大量的独立设计师品牌的配饰不光在设计上大胆创新，材质上也在不断追求品质。所以购物这件事，完全看个人喜好，有时候，我们确实会忽略物品本身的价值，单纯为"颜值"和品牌买单。在自己可以负担的范围内，选择最心爱的那一款，也无可厚非。

珠宝则是选用贵金属打造的，比如黄金、铂金、钻石、天然宝石、天然玉石等，具有一定的投资价值和收藏价值。

黄金有价，爱无价

电影《再见，李可乐》里，妈妈拿出给女儿准备的黄金嫁妆那个镜头感动了无数观众，"从你生下来一岁开始，我和你爸在你每年过生日的时候都会给你买 30 克黄金，你爸走了的这些年，妈也每年给你攒 30 克。爸爸李博宇，妈妈潘雁秋，请女儿李研，笑纳。"这一句"笑纳"从父母口中说出是何等有分量啊。可见黄金在中国人心中不仅代表着对婚嫁的美好祝福，更是爱的体现。

随着时代的发展，黄金早已不再是长辈们的专有代名词了，

"悦己型消费"已然成为新趋势。

近年来，各大黄金珠宝品牌逐渐将主力客户群瞄准年轻群体，在设计上将经典与时尚潮流相结合，推出各种 IP 联名款，把硬足金首饰设计得酷炫、独特，深受年轻人的喜爱。

有数据显示，00 后已与大妈完成"黄金接棒"，成为购金主力军。年轻人购买黄金首饰多数是送给自己的，戴上看起来金灿灿的，与新中式穿搭相配，喜庆又热烈，贵而不俗。

前段时间，周大福以陕西历史博物馆的盛唐金银器为灵感推出了盛世华彩系列黄金首饰，其中的卷草纹、鱼子纹、如意纹、忍冬花纹等纹样大受年轻消费者的喜爱。正如网友所说"你永远可以相信老祖宗的审美"。

其实，中国传统的经典纹样远远不止这些，还有蝙蝠纹、斗鸡纹、鹦鹉纹、万字纹、方胜纹、盘肠纹、锁子纹、龟背纹、八达晕纹、柿蒂纹、葫芦纹、四神纹、飞天纹等诸多代表吉祥如意、福禄富贵的纹样。

我在嘉德艺术中心参观"清代宫廷织绣服饰色彩展"时，就被老祖宗的想象力和宫廷织、染、绣、缂、绘等高级的织绣技法所折服。

这些色彩艳丽、设计精美的纹样承载了中国传统美学的意境与灵动。实际上，我们不仅可以把经典有趣的纹样运用到首饰上，也可以运用到茶杯、碗、盘等餐具的设计以及家居用品的装饰上，万千华美的纹样无疑是我们中华美学最好的代言之一。

　　湖北省博物馆展出的梁庄王墓出土的 4800 余件黄金首饰火遍全网，不仅让世人见证了梁庄王对魏妃世代可见的爱恋，更让我们目睹了源于皇家绝技的宫廷古法制金工艺的高超水平。每一种技艺都代表着卓越的文化底蕴，每一次捶打都迸发出匠心独运的火花。还有什么比这传承千年的匠心精神更令人感动的呢？

　　中国传统元素是极具魅力和震撼力的。如何把传统和现代结合得恰到好处，如何将老祖宗留下的制金工艺与现代审美相融合，不仅需要大胆的创新，还需要文化的传承，这就很考验一个品牌的设计理念了。

　　中国古代流传的八大金工艺分别是鎏金、花丝镶嵌、锤鍱、金银错、掐丝、炸珠、錾花、累丝。其中，花丝镶嵌制作技艺在 2008 年被列入《国家级非物质文化遗产名录》。

　　纵览世界珠宝设计工艺变迁史，起源于古埃及、古罗马，后风靡欧洲的卡梅奥（Cameo）浮雕珠宝，展现了艺术创作与雕刻工艺的浪漫结合；意大利有马赛克微镶工艺（Micro Mosaic）、布契拉提的珠罗纱工艺（Tulle）、宝格丽的烟道管工艺（Tubogas）；法国有尚美巴黎的刀锋工艺（fil-couteau）、梵克雅宝的隐秘式镶嵌工艺（Mystery Set）；而我国的宫廷古法制金工艺在全世界范围内都属于顶尖水平，应该将其传承、延续下去。

　　现如今，大部分珠宝品牌制作珠宝用的都是 18K 金，即使溢价很高，大家依然愿意买单，那我们为什么不能通过运用独特的工艺打造出属于自己的奢侈品品牌呢？

在黄金赛道，我相信中国的品牌未来也能够以精湛的工艺和非凡的智慧在世界珠宝领域占有自己的一席之地，让世界领略中式美学的大气与大美。

钻石，女人的好朋友

随着人类科技的进步，钻石领域也迎来了它的"人工合成"时代，由于人工合成钻石的市场价格要比天然钻石低很多，再加上其闪耀程度丝毫不逊色于天然钻石，所以颇受广大消费者的喜爱。

许多研究表明，人工合成钻石在物理和化学特性上与天然钻石几乎没有区别，甚至合成钻石在硬度、净度、火彩等方面要优于天然钻石，这种技术的突破是否预示着人工合成钻石在未来会替代天然钻石呢？

我想答案是否定的。

从稀缺性和实际价值上来讲，天然钻石和人工钻石之间存在着天壤之别。

人工培育钻石被称为"实验室培育钻石"（Laboratory Grown Diamond），即我们所说的合成钻石。简单来说，即在实验室通过模拟地球内部的高温高压环境来合成金刚石的结构。而天然钻石的结晶是经过上亿年的高温高压环境作用，在地幔内部形成，后被火山活动带到地表的，每一颗都是大自然的产物，且具有独一无二的内含物和形态，如同人的指纹一样，因此也决定了它的稀有性。

天然钻石更像是宇宙、天地之间珍贵的馈赠，象征着永恒的、最坚实的力量。

由于二者在生长环境、形成方式、社会价值等方面都存在着区别，是选择一颗实验室培育钻石还是天然钻石，这完全看大家的预算和日常需求。

我人生中第一枚钻戒来自妈妈的赞助。随着收入的增加，我陆续拥有了很多比它更有价值的珠宝，但是第一次拥有钻石的喜悦现在回想起来我仍然感觉很幸福。钻石就像是你的老朋友，每到人生中的重要时刻，它绝对不会缺席。

那枚钻戒是在香港买的，价格不贵。它的广告语非常简单粗暴——更大、更闪、更珍罕。因为当时预算有限，可自己又喜欢大颗钻石，人美心善的柜姐特意为我挑选了一款主石只有35 分，但看起来却十分显大的款式。

35 分主石的周围镶了一圈碎钻，戒托之上也有一半的面积被精心镶嵌上了小碎钻，这样的工艺在视觉效果上看起来会比单颗钻石更显大。它的净度、颜色和切工虽然都不是顶级的，但在灯光的直射下，那枚钻戒爆发出的火彩和光晕恍若星辰坠入指间，让我心醉神迷。

人们经常会讨论钻石的保值性不如黄金，的确，相较于中国人自古以来对黄金的喜爱，投资钻石是少数人的选择。除非是大克拉且参数达到顶级的钻石，一般的碎钻没有什么保值性。

但是，正如钻石花式切割之父威廉·戈德堡（William Goldberg）所说："钻石最基本的用途是给人的生活带来欢乐。"还有什么比快乐更值钱的呢？

到专柜购买钻石时，大家一定要提前做好功课，了解一下在 GIA（美国宝石学院）证书上怎么看最基本的 4C 参数。

我经常会看到一些帖子上讲，有些朋友一冲动，就买了大品牌、价格高昂，但是有荧光的钻石戒指，事后抱怨柜姐没有及时提醒，懊恼不已。其实，只要做足了功课，这种事情完全可以避免。

荧光是钻石受到外来能源的刺激，通常指暴露于紫外光线下时，所发生的反应颜色光。有的荧光会影响钻石的光泽，强荧光的钻石在肉眼下会呈现发白、让人发蒙的感觉，这会大大降低钻石的价值。

GIA 证书上荧光反应的英文是"Fluorescence"，旁边对应的级别有 None、Faint、Medium、Strong、Very strong，其中无荧光就是"None"。

不过，我在生活中也见过 GIA 证书上显示"None"，但是拿回家用紫光手电一照，发现钻石有蓝色荧光出现。

产生这种现象的原因有很多种。比如 GIA 对无荧光的定义虽然是"None"，但并不代表它完全没有荧光。因为 GIA 是用对比法来检测钻石的荧光的。实验室的工作人员会选择四颗荧光钻石作为比石，分别是弱荧光、中荧光、强荧光和极强荧光。如果这颗钻石带有荧光，但是比最弱的荧光钻石还要弱，那也会被判定为无荧光。

DE BEERS（戴比尔斯）出具的证书上对荧光等级第一级的描述是"Negligible（可忽略不计的）"，相对来说更加严谨。

出现这种情况也有可能是周围的环境光不符合检测标准等原因所致。在造假技术超出你想象的今天，也不乏"套证"的可能。

最好的办法还是买完送去国检复检，这样最保险，出了问题也可以维权。

钻石 4C 的参数主要是 Color（颜色）、Clarity（净度）、Carat（重量）、Cut（切工）。

先从颜色上来讲，分为 D、E、F、G、H、I–J、K–L、M、N–O、P–R、S–Z 等 11 个级别，D 色级别最高，代表无色，Z 色级别最低，代表泛黄色调的钻石。不同颜色等级，价格相差很大。

再看净度，GIA 分为 FL（无瑕级）、IF（内部无瑕级）、VVS（极微瑕级）、VS（微瑕级）、SI（瑕疵级）。

切工等级分为极优（Excellent）、优良（Very good）、良好（Good）、尚可（Fair）、不良（Poor）。由于切工是影响钻石火彩的一个核心参数，建议大家购买钻戒时，选择切工等级为 Very good 或以上的钻石。一般"3EX"就是指切工、抛光度和对称性都是 Excellent 级别的钻石。

特别要注意的是，异形钻石在 GIA 证书上通常不显示切工等级。

最后就是重量，钻石的重量单位是克拉，1 克拉等于 0.2 克。预算充足的话，自然是越大越好啦。

通常，一枚 1 克拉左右、无荧光、D 色、VVS1 级别、Excellent 切工的钻戒，品质就很好了，可以作为订婚或者是结婚钻戒的备选。

在挑选钻戒时，很多朋友觉得这些细微的差别在 10 倍放大镜下才能看清，肉眼根本无法分辨出来，参数大差不差就好了，索性就不再认真挑选了。其实，只要你静下心来慢慢地、仔细地观察，是可以发现其中微妙的差异的。

另外，在戒圈材质上，一般分为铂金和 18K 金。铂金的英文缩写是 PT。PT990 代表含金量 99%，PT950 代表含金量

95%，PT900 代表含金量 90%。

18K 金的缩写是 AU750，指含有 75% 的黄金和 25% 的其他贵金属。大家在买钻戒的时候要留心戒圈里面的数值哟。

除了 4C 标准的分类以外，还可以根据钻石是否含有氮元素分成两大类：Type I，是含有氮元素的，98% 的钻石都属于 Type I；而 Type II，是不含氮元素的，它的含氮量甚至低到你无法用目前市面上的仪器检测出来。

Type IIa 钻石是所有钻石类型中成分最纯净的，比 D 色、FL 的钻石还要完美无瑕。Type IIb 则因为含有硼元素，通常都是蓝钻。一颗天然的 Type IIa 钻石只占自然界中的 1%~2%，而一颗天然的 Type IIb 蓝钻更是仅占钻石总量的 0.1%。

这类参数顶级的钻石在全球都是极其稀有的，非常值得收藏，这也是它们能在国际拍卖会上拍得如此高昂价格的原因。

如果你手里有一颗大克拉的 Type IIa 或者 Type IIb 级别的钻石，恭喜你，它绝对算是钻石中的王者了。

稀有彩钻

若涉及投资和收藏领域，彩钻、天然红宝石、天然蓝宝石、天然祖母绿这"四大金刚"绝对是投资、收藏的上佳之选。

彩色钻石分为黄钻、粉钻、红钻、蓝钻、紫钻、绿钻和黑钻等。

粉钻最好的产地是澳大利亚的阿盖尔（Argyle），阿盖尔矿区产出的粉钻颜色浓，品质最高。但经过多年的开采，矿区地表及浅层的资源逐渐枯竭，再往深层开采，产生的经济效益不足以支撑高昂的开采成本，阿盖尔矿区在 2020 年已经关闭了。

红钻的主要产地除了阿盖尔矿区，还有巴西的米纳斯吉拉斯州和印度尼西亚的加里曼丹岛。当今，世界上最大的红钻是重达 5.11 克拉的"穆萨耶夫红钻"（The Moussaieff Red）。它是在 1960 年被巴西的一个农民发现的，被 GIA 评定为 Fancy Red 色级，净度达到了 IF 级（内部无瑕级）。

根据《纽约时报》2010 年的报道，珠宝商什洛莫·穆萨耶夫家族（Shlomo Moussaieff）在 2001 年（或 2002 年）私下以极其高昂的价格收购了这颗钻石，并将其命名为"穆萨耶夫红钻"。

烤炉里的秘密

比起玉的温润和通透，我更偏爱宝石的深邃和闪耀。宝石宛若一道道梦幻的彩虹，将所有的色彩聚集其中，在光影交错中，诉说着时间的流动。

说起来，我跟宝石还有一段不解之缘。

大约八岁那年，我们几个小伙伴爬楼顶，偶然间在一栋楼房的单元门上方发现了一个烤串用的烤炉。哥们儿几个也是好奇，把烤炉搬了下来，用小棍和树枝在里面使劲搅和。

乍一看，它就是个被黑色木炭填满的脏兮兮的烤炉，但是翻着翻着，其中一个小哥们惊呼，发现了不得了的东西。我们几个好奇地凑过去，一瞅，嘿，一块硕大的天蓝色晶体夹杂在黑漆漆的木炭中。

它的直径大概有 15 厘米，晶体通透，少棉裂，像天空一样，呈浅蓝色。

大伙当时虽然年龄小，但都意识到这肯定是个宝贝，于是带头的哥们就把这块珍贵的原石给砸碎了。我们每人分了几块，手里紧紧攥着宝石，一路飞奔回家。

过了几天，我听其中一个小哥们说那石头不吉利，会带来诅咒，还有辐射，结果我连想都没想就直接给扔了。

多年之后通过我的描述，有个地质学专业的朋友告诉我，当年我们发现的很有可能就是海蓝宝的原石。

新疆的阿勒泰山区是海蓝宝的主要产地，由于产量大，透明度高，硬度大，颜色与天空相似，因此阿勒泰山区也被誉为"中国海蓝宝石库"。

这块宝石的主人埋它的时候一定是抱着"最危险的地方就是最安全的地方"的心理，可万万没想到，被我们这几个熊孩子给翻到了，还给人砸了，真是万分抱歉！

荒凉的大戈壁，埋藏的是被黄沙吞噬的宝藏，它像一个巨大的魔窟，吸引着无数人前往朝拜。

罗布泊彭加木失踪之谜、楼兰古城太阳墓葬之谜、巴尔鲁克山野人之谜等谜团，在新疆这片神秘广袤的土地上，永远等待着勇敢的灵魂去揭开它的面纱。

我跟同事分享，如果可以穿越，我一定回去囤几箱和田羊脂玉回来，同事打趣道："那你还不如直接穿越到北京房价最低的时间点，买它 10 套房，今天就实现财富自由啦！"

红蓝绿宝——珠宝投资的选择

在挑选宝石的过程中，其侧重点和钻石有所不同。宝石的价值主要看其产地、颜色（颜色是彩宝的灵魂）、有无加热处理（有烧价值低于无烧）。一颗缅甸抹谷产的天然无烧"鸽血红"红宝石的价值要高于其他产地的红宝石。近年来，莫桑比克和马达加斯加产的红宝石也备受大众喜爱。

蓝宝石的产地就相对多一些。比如克什米尔、马达加斯加、斯里兰卡、缅甸等。其中，克什米尔蓝宝石在珠宝界也被称为"矢车菊蓝"，它与"皇家蓝"一样，被誉为蓝宝石中的极品。

祖母绿的产地有很多，如哥伦比亚、赞比亚、巴西、阿富汗、巴基斯坦等。其中，哥伦比亚产的"木左绿"堪称顶级的颜色，品质最好。同时，"沃顿绿"也同样是非常好看的颜色，在预算充足的情况下，建议选择这两个颜色。

从净度上讲，由于天然祖母绿通常多裂，多包裹体，要追求全净体，我个人认为实在没必要。只要从台面看上去没有明显的瑕疵和包裹体，就可以考虑买透亮的玻璃体。

最后，就是看浸油量。浸油量越少，价格就越高。无油的祖母绿品质是极高的，日常佩戴可以选择微油与极微油的。

不过，也不是所有宝石经过加热处理后价值都会变低。比如海蓝宝，市面上默认它是经过加热处理的。

曾经有人在视频里介绍过，拿海蓝宝做实验，把海蓝宝的原石放入玻璃试管中，再用酒精灯加热试管，酒精灯的火焰温度通常在 400℃ ~500℃左右。在加热的过程中，海蓝宝的颜色就变蓝了。这表明海蓝宝在相对不太高的温度下，通过加热可能会改变颜色，更不用说在大自然孕育的过程中，地质变迁产生的温度就足以让海蓝宝的颜色发生变化了。

有时，人们甚至很难分清楚海蓝宝的加热处理是在开采后人工加热的，还是地震或者地质变迁让它获得了相应的温度，从而改变了颜色。

因此，有烧无烧对海蓝宝的价值并没有太大的影响。

日常佩戴的话，小仙女们也可以选择价格不是那么贵，但颜色绚丽多彩的种类，如尖晶石、碧玺（帕拉伊巴、卢比来等）、石榴石（沙弗莱、芬达石等）、水晶、长石（天河石、日光石、月光石、拉长石）、摩根石、欧泊（黑欧泊、白欧泊、火欧泊、晶质欧泊、砾岩欧泊）、橄榄石、绿松石、孔雀石、海蓝宝、托帕石、坦桑石、青金石、黑曜石等。

近年来，"绝地武士"尖晶石和帕拉伊巴碧玺涨势凶猛。

碧玺的矿物学名称是"电气石"。帕拉伊巴碧玺内部含有铜和锰元素，因此它呈现出独特的霓虹蓝绿色。电光石火般的视觉效果令人惊叹，仿佛置身于马尔代夫的海面。

值得注意的是，市面上有些商家会用磷灰石代替帕拉伊巴来混淆视听。透底、有裂、包裹体等因素都会影响宝石的品质。

另外，有些宝石具有星光效应或者猫眼效应，也值得对珠宝感兴趣的朋友收藏。大家还可以根据自己的五行来进行佩戴，平衡自身能量。

珍珠，珍珠

珠宝大家族里，怎么能少得了珍珠呢？

戴安娜王妃曾说过："女人如果一辈子只能拥有一件珠宝，必是珍珠。"当你不知道要搭配什么耳环的时候，一副直径 10 毫米左右的珍珠耳环，足以百搭任何衣服，且不会出错。

珍珠是六月生辰的幸运石，象征着纯洁。自古，珍珠在珠宝首饰中的地位是不可撼动的，大到镶嵌在王冠上的"珍珠泪"，小到复古的珍珠 Choker（贴颈项链），天然的光泽让全世界女人对它独特的美如痴如醉。

嘉柏丽尔·香奈儿和戴安娜王妃就曾经把珍珠项链反着戴，垂坠错落的珍珠如星河一般与背部的线条形成迷人的呼应，流露出高级的性感和优雅。

传说，生辰石（Birthstone）代表的是 12 个月出生的人们的诞生石，能给人带来好运和幸福。一月石榴石，二月紫水晶，三月海蓝宝，四月钻石，五月祖母绿，六月珍珠，七月红宝石，八月橄榄石，九月蓝宝石，十月欧泊，十一月黄玉，十二月绿松石。大家可以对照自己的出生月份，看看哪颗是守护你的宝石。

珍珠分为海水珍珠和淡水珍珠。海水珍珠的养殖方式是插核培养，即人工放入一颗珠核，再由贝母分泌出珍珠质包裹而成，形态多为正圆，光泽度强，养殖时间长，产量少。颜色多为白色、金色、黑色等。

淡水珍珠则是无核的，通过植入细胞膜培养，所有的成分都由珍珠质组成。形态多为椭圆、近圆、鸡蛋状、米粒状。养殖时间相对海水珍珠较短，产量大，颜色多为白色、粉色、香槟色等。

我国的淡水珍珠主要产于华南各省的湖泊，其中，浙江省诸暨市山下湖镇被誉为著名的"珍珠之乡"。

珍珠、珊瑚、琥珀都属于有机宝石。两亿年前，珍珠就已经存在于地球上了。佩戴有机宝石对我们的身体是有好处的。以前，我右手腕处因受伤留下了一道疤，出于对珍珠的喜爱，就长期戴着一串珍珠手链，也没想太多，忽然有一天，我发现那条疤痕神奇地消失了，可能多少和皮肤经常与珍珠相摩擦有关。

珍珠对体液分泌有一定的吸收能力，皮肤也会吸收珍珠中所含的药物成分，乃至影响局部患处，从而起到消炎生肌的作用。

珍珠入药，自古有之。《本草纲目》中就有记载："珍珠主治：镇心，点目，去肤翳障膜。涂面，令人润泽好颜色；涂手足，去皮肤逆胪。绵裹塞耳，主聋。磨翳坠痰。除面干，止泻。合知母，疗烦热消渴。合左缠根，治小儿麸豆疮入眼。除小儿惊热。

安魂魄，止遗精白浊，解痘疗毒，主难产，下死胎胞衣。"

除去珍珠的药用功效，它本身美丽的光泽、圆润的形状足以让佩戴者释放出高雅、圣洁的气质。

佩戴珍珠首饰时，请远离厨房。珍珠表面有很多微小的毛孔，导致它容易吸附厨房中的油烟，从而变黄。同时，珍珠含有 90% 以上的碳酸钙和 4% 左右的水，因此暴露在空气中久了，难免会氧化，也会导致珍珠变黄。

再有，平时要定期保养，可以用专业的珍珠保养剂来做护理，避免阳光直射。为了防止珍珠被腐蚀，应避免接触香水、酒精、汗渍、醋酸等液体。

最后，珍珠也需要呼吸，不要总把它藏在首饰盒里，请经常拿出你那条美丽的珍珠项链戴起来吧！

君子如玉

我国的玉文化历史悠久，最早可以追溯到新石器时代。大家如果有时间，可以走进博物馆欣赏红山文明和良渚文明时期的玉器，在一件件距今 6500 年的玉琮、玉璧、玉璜上面，你能真切地感受到古人的智慧和心意。

《说文解字》中有解释："灵，灵巫也，以玉事神。"古人认为玉能辟邪，玉可以替人们挡掉一些不好的信息和能量。璞玉甚至还可以食用。《本草纲目》记载："玉气味甘平无毒，主治除胃中热，喘息、烦懑、止渴，屑如麻豆服之，久服轻身长年。"

这里指的是未经雕琢的玉石。

和田玉是我国的国玉。从硬度上讲，和田玉的硬度在 6.0~6.5 区间，俗称"软玉"，主要成分是透闪石。

和田玉又被称作"活玉"，因为佩戴久了，与皮肤摩擦，其内部的矿物质结构会发生细微的变化。

赵科鞅老师编著的《和田玉鉴定与收藏宝典》里提到，"玉的养生机理已经被现代科学所证实，玉石含有多种对人体有益的微量元素，如锌、镁、铁、铜、硒、硌、锰、钴等，佩戴玉石可使微量元素被人体皮肤吸收，活化细胞组织，提高人体免疫能力。"人们常说："三年人养玉，十年玉养人"，就是这个道理。一般佩戴两三个月，玉就会变得更油、更润。

和田玉分布于塔里木盆地之南的万山之祖昆仑山，受开采技术和政策限制，目前，优质的矿产资源极其稀有，甚至面临枯竭。现在，一个新疆产地的和田羊脂级白玉籽料手镯的市场价格达上百万都不为过。

从产地上来看，和田玉分为新疆料、俄料、青海料、韩料。大家挑选和田玉的时候，质地是需要关注的重点，不必过分纠结其产地。一块上好的青海料也比一块残次的新疆料强。买玉主要还是看玉质，内部结构细腻、油润，摸上去手感舒服，就是一块好玉。

现今，市面上的造假技术花样繁多，鱼龙混杂，经过酸洗、注胶、人工染色等技术处理后的玉镯，戴上会对人体产生危害。目前，和田玉的市场价格一路水涨船高，玉器爱好者一定要擦亮眼睛，选择正规渠道购买。

翡翠的硬度在 6.5~7.5，俗称"硬玉"。翡翠的主要成分是辉石类矿物。翡翠则不会随着佩戴的时间和温度产生变化。而相对于和田玉，翡翠的矿产量就多很多，市场上 95% 的翡翠几乎都产自缅甸。

人们平时保养玉石的过程中，经常会出现一些误区，比如用鼻子上分泌的油脂来擦玉石、正常佩戴无须保养玉石或者长时间放置在暴露环境中等，这些做法都是错误的。正确的做法应该是定期清洗玉石表面，然后涂抹上专业的玉石养护液，避免阳光暴晒，保持玉石的水润感，把它放在首饰袋里稳妥安置。

2016 年 5 月 6 日，金丝玉正式通过国家规定的玉石标准，并有了一个学术名称"石英岩玉"。据称，早在数千年前，它就是楼兰古国的装饰用品，但因为楼兰古国莫名消亡和戈壁滩人迹罕至，这种美丽的石头在随后的千年时光里无人问津。

金丝玉中品相最好的就是"宝石光"，如果大家有机会遇到有眼缘的天然宝石光地表料，那就收藏起来吧。

要想深度了解珠宝行情，关注国际时政新闻是一个很好的途径。例如，斯里兰卡这个宝石之国在 2022 年 7 月宣告破产，光外债就欠下了 510 亿美元，总统和总理双双辞职。传闻，总统还带走了一整箱宝石。

受到经济危机的冲击，宝石价格出现大幅度波动。宝石的产量下降，供不应求，价格自然也在上涨。其次，宝石出口量减少，当地的货币贬值太快，斯里兰卡人又很少有外汇储备，所以他们更倾向将手里的钱换成宝石，尤其是对有收藏价值的优质蓝宝石的需求更是旺盛。所以，关注国际时事对了解珠宝行情有很大的帮助。

每年春季和秋季，各大品牌都会举办高级珠宝展和晚宴。如果有机会被邀请去参加的话，可以在现场感受高级珠宝复杂且精巧的工艺，零距离鉴赏这些动人心弦的作品，一定能带来无比震撼的视觉冲击。

除了平时多看实物作品，逛全球各地的珠宝展、鉴赏高级珠宝作品之外，看专业的书籍也是必不可少的。

我推荐大家看看《2018 全球珠宝拍卖年鉴》，感兴趣的也可以从 2013 年的看起。里面收录了苏富比、佳士得、邦瀚斯、保利、中国嘉德等 11 家世界顶级拍卖行的 6000 多款瑰丽珠宝。

通过预估价、成交价，我们可以大致掌握珠宝投资的全球价格及未来的趋势，希望可以对喜爱珠宝的朋友起到参考作用。

迄今为止，仍然有很多欧洲王室的珠宝由于战争、革命的爆发而流失海外，它们大多数被拆分成了零碎的小部件，有的散落在世界各地，有的被重新组装，然后进行拍卖。一些幸运的买家可能正佩戴着俄国罗曼诺夫王朝的钻石和宝石项链却浑然不知。

珠宝无疑是历史变迁、家族兴衰以及传世爱情的最好见证者，它们象征着财富和权力，蕴藏着美好的祝福。奢华闪耀的高珠作品固然珍贵，但其背后不为人知的秘密和故事才是珠宝带给人们最好的启示。

第八章

这一次，不妥协

不完美比没有行动强一百倍。

我们平日里都喜欢看八卦，看新闻，喜欢了解别人的人生、别人的过去、别人的情感历史。在关注别人中，一转眼，几十年就过去了。

可我们对自己又有多少了解呢？自己有什么天赋？想过什么样的人生？又如何来过？这些至关重要的问题，被埋没在了日复一日忙碌的工作、琐碎的家务、刷无聊的视频中。

看似很忙碌的我们，实际花在思考人生方向上的时间却寥寥可数。

在职业生涯的早期，找准定位，发挥自身优势，坚持做一份自己喜欢的工作并创造价值，是一件非常幸运的事。我之所以说非常幸运，因为不是所有人都能凭借自己的热爱选对路，也不是所有人都会在这条路上义无反顾地走下去。

绝大多数的人最终还是选择了那份稳定且看得见回报的工作。我并不是说这样不好，生活不是选择题，它没有标准答案。

祝福正在读本书的你，能在最小的试错成本内找到自己的Dream job。

有纠结、有两难，这很正常，甚至可以说，你还是个清醒的人。深受年轻人喜爱的复旦大学教授梁永安在《每个人都了不起》里曾经谈到过这个问题，"所谓的两难，实际上是个成长机会，或者说成长过程，你要为自己感觉两难而自豪。我现在最怕见到人感觉不到两难，尤其是有的人十五六岁就不存在两难了。为什么呢？这个世界就是钱的世界、物质的世界，只需要麻木不仁地去追求就行了。就像巴尔扎克写的《欧也妮·葛朗台》里的老头子的世界观，就是那种逻辑。"

回顾自己之前走过的较为顺利的路几乎都是听从内心直觉所做的选择，而那些违背自己意愿做的决定，大多不尽如人意。不得不承认，向现实妥协是一种无奈又纠结的状态。

因为一些复杂的原因，我曾经在一段宝贵的时光里写过太多太多的文字，然而却没有一个字写进我的心里。那些文字就像是没有灵魂的音符堆积在纸面上，不论怎么排列，都不会奏出激昂的乐章。

改材料，每次改七八遍是常有的事，为了某项流程能够正常运行，要反复沟通协调无数次。

虽然每天坐在一栋很高级的大楼里办公，出出进进看起来像个精英人士，但我却连续四年没怎么见到北京下午三点钟的太阳。在写字楼日光灯的照射下工作一天和亲身感受阳光洒在身上的感觉是完全不一样的。

坐在那里，时刻都处于紧张状态，因为你知道下一秒会有解决不完的问题、写不完的材料和打不完的电话。有时候，我甚至特别盼望快递小哥的来电，因为这样，就有理由下楼去呼吸呼吸新鲜空气，看看午后的阳光了。

现在回想起那段艰辛的日子，至少当年我的付出对得起那个岗位。在职业生涯路线的选择上，谁又不是在热爱和将就之间反复徘徊？谁又不是在迷茫和坚定之间反复切换？

人生的路很长，拼的不是爆发力，而是耐力。没有人能保证我们

摄影：Lucas

在特定时间点做的每一个决定都是正确的。有时候，明明知道这是一条艰难的路，可因为现实原因依然得硬着头皮走下去，忍耐下去。

这是梦想败给了现实吗？我不这么认为。我更愿意把这段忍耐之路看作是一种蓄势待发的状态，一个积蓄能量的过程。静下心来，放平心态，时机一到，换条路再出发，条条大路通罗马。

方向对个人职业发展的影响至关重要，选对了方向，可以避免浪费时间和精力，毕竟人的一生只有短暂的三万多天。选对路是基于对自己的充分了解；而如何全面地了解自己，则是

基于不断地去试错。

行动起来远比空想强

我们经常喜欢给自己梦想的职业加上滤镜，看到别人表面的光鲜就幻想自己一定也很适合这份工作，实际上，当你真正深入其中，踏踏实实地干上几年，就会发现那光鲜背后的辛劳不一定是你能喜欢或者承受的。

这份工作到底适不适合你，只有干了才知道。谈恋爱，与人交往，亦如此，只有摘掉滤镜，朝夕相处后才知道合不合适。

但很多时候，我们大量的能量都消耗在对该不该干这件事的疑惑上了。如果你还没准备好，就不要去征求别人的意见了，他人通常只会对你的恐惧做出回应。

亲朋好友中至少有百分之九十的人不理解、不赞成，剩下的百分之十里能给到真正有用信息的更是少数。别人的经验教训放到你身上，不一定适合。

如果你的心持续地在告诉你答案，那就别怀疑，遵循自己的心，先行动起来，别让大脑里的各种声音给蒙蔽了。

实践的过程是一个不断试错、不断认识自己的过程，即使初期的方案并不完美也没关系，不完美比没有行动强一百倍。不试试看怎么知道自己身上有多少种可能性呢？

我觉得人的一生所追求的应该是智慧和幸福感。智慧是在做人做事中慢慢体悟而来的，不论是好的经历还是不好的经历，都是一次体验，在世事沉浮中，体会人间百态，美丑冷暖，也不失为一笔宝贵的精神财富。而幸福感则是在不断地创造价值并找到内心与外界的平衡当中获得的。

幸福感跟钱有一定的关系，但不是绝对的关系。说到底，它是一种有关得失的心态。我们终其一生需要搞清楚自己是谁？要去哪里？前行的道路上什么是最需要珍惜的？什么又是该舍弃的？

社交媒体拓展了我们的眼界，但也缩小了人与人之间的距离。我们点点手机，刷刷视频，就可以在社交软件上看到那些富足人士的生活状态，这种状态会让我们不知不觉地与自己的生活现状做对比，而"比较"恰恰也加重了我们对成功的渴望。

每个人对成功的定义和理解都不同。我个人认为持续做着自己热爱的事并且创造了价值，就是成功。况且，当你在做一件自己喜欢的事情时，成不成功本身已经不重要了，重要的是你专注其中酣畅淋漓的状态以及干成之后的成就感。

这种感觉是外在的东西无法给予的。买了一个包包，快乐的感觉是瞬间的，但是完成使命带来的幸福感是会生长在记忆里的，只要回想起来，它随时都可以带给你丰盛的体验。

做自己喜欢的事，才是真的奢侈。

漫画大师蔡志忠曾说："生命的至乐不是享受美食，不是度假旅游，不是奋斗之后的功成名就，而是制心于一处、置身于一境，完成自己的梦想。"

梦想，这个话题虽然老生常谈，但全球 70 多亿人中，真正实现儿时梦想的成年人又有多少呢？

我想，任何时候开始追逐自己的梦想，都不晚。有时候，我们缺少的不是时间，而是勇气。

澳大利亚著名艺术家艾米丽·卡姆·肯沃瑞（Emily Kame Kngwarreye）老奶奶第一次正式接触油画时已接近 80 岁高龄，尽管她是部落中最年长的人，但依然保持饱满的热情，在 8 年的时间里画了近 3000 幅画。

她用油画颜料将梦境中的大自然、原野、山药画出来，用画笔连接祖先的灵魂。其中最有名的《地球的创造》（Earth's Creation）这幅画更是拍出了百万美元的高价。限制住我们的不是年龄本身，而是因年龄增长所慢慢褪去的执着。

时尚圈虽然是个名利场，可它从不缺少跌倒了再站起来的榜样。

我很喜欢的设计师 Olivier Rousteing（奥利维尔·鲁斯汀）在 Balmain（巴尔曼）秀场后台接受采访的时候曾经说过："勇敢意味着不害怕，不害怕被评判，不害怕成为自己想要成为的人，不害怕追求自由，对我来说最重要的是，要随心所欲做自己想做的事。"关于这位当红设计师的故事相信很多人都知道。从一个孤儿到今天的 Balmain 掌舵人，他所经历的不仅是名利场的巨大光环，在他接任 Balmain 创意总监的最初几年里，更是饱受了很多质疑和贬低。

特别是在不幸被烧伤险些毁容的日子里，他承受了大量来自互联网的恶意。但他并没有就此消沉，而是以绝对的实力和强势的风格给那些曾经抨击过他的人以漂亮的回击。

说到 Tamara Ralph（塔玛拉·拉夫）这个品牌，大家是不是听着有点陌生，但只要提到它的前身 Ralph & Russo（拉夫·卢索）大家就再熟悉不过了。由于持续受到疫情的重创，这个为红毯而生的高定品牌在 2021 年被迫宣告破产。

当所有人都为此感到震惊和惋惜时，品牌创始人 Tamara Ralph 以个人同名品牌强势回归了 2023 年秋冬高定秀场。

当一朵朵金色、银色绸缎扎成的玫瑰浪漫地绽放在 T 台上时，奢华的礼服吸引了在场所有人的眼球。这场回归无疑是成功的。我们同样能在 2024 年春夏高定系列里找到玫瑰、金属色编织、羽毛等元素。

这季设计象征着女性力量和韧性，同时颂扬了设计师家族传承的精湛高定技艺。

与以往的谢幕式不同，本次 Tamara Ralph 带领一众身穿白色工作服的高定手工匠人一起走向 T 台，向在座的嘉宾致谢。

看到这一幕的那刻，我特别感动，手工匠人的谢幕让大家看到了高级定制背后的创造者，是他们让设计师天马行空的创意化为现实中的一件件华服。2024 年秋冬高级定制发布会现场亦是如此。

不论是遭遇舆论抨击还是品牌破产，这些看似离我们很遥远的天才设计师们却以一种顽强的姿态向世人传达着不屈服、不妥协的人生态度，在一次次峰回路转中把握时机，扭转乾坤。

他们这份珍贵的倔强似乎也得到了"天使"的回应，幸运总是降临在有准备的人身上啊。

亲爱的朋友，请在前进的道路上聆听一下自己的内心，不要因为没有掌声就放弃梦想。

我的鞋柜里有一双特别的红色高跟鞋，它安静地躺在柜子的最深处，那是我当年在美国百货商场里斟酌了半天才拿下的。

当时，服务我的销售老爷爷看我在黑色和红色之间犹豫不决，果断地对我说："选红色的，黑色的高跟鞋有一万种选择，而红色的，这双最好看。"人生之路亦如这般，选择"黑色"很容易，而选择"红色"却需要勇气。

留学期间，应设计师好友 Nathan 的邀请，走了哥伦布时装周他的系列闭场秀，自那次起，我才明白一场秀从开始筹备到结束要做很多工作，并没有人们想象的那么轻松。

在后台，造型师会挨个给模特们化妆、做造型，不断调整。临上场时，设计师还要一一检查每个模特身上的服装剪裁、细节是否到位。我在秀场后台等候的时候，感受到的是快节奏的氛围和专业的态度。

那一晚，我穿的就是一双跟高 10 厘米左右的 Charlotte Olympia（夏洛特·奥林匹亚）红色高跟鞋。穿上这双"战鞋"的时候，我浑身充满了能量，粉橘色的裙子和红色高跟鞋搭配在一起碰撞出了独特的火花，让人眼前一亮。

走上 T 台，前方十几台黑压压的摄像机对准我，两排坐满了各路时尚人士。然而我并没有因为这双高跟鞋的高度而放慢脚步，相反，踩在地上的每一步，稳、准、自信。

那一晚的秀很成功，虽然过后，我再也没穿过这双红色高跟鞋，但它永远承载了我当年的梦想。

　　每当我看到这股炽热如火焰般的红色，心中的热爱就会被点燃，它提醒着我：还有很多未知的精彩等待着我去开启。

　　我一直认为每件服装都是有灵魂的，时至今日，我也从不认为走好一场秀是一件简单的事。当模特穿上设计师精心设计的服装走上 T 台时，她的使命就是把这件衣服的灵魂展现出来，能让大家在最短的时间内记住设计的特色和风格就是模特的本事。我想，只有用心去展示设计师的心血，才能表达对时尚行

高饱和度的色彩与廓形剪裁相得益彰，Nathan 的作品无疑是当晚秀场上最引人瞩目的焦点。（摄影：Lucas）

业的尊重以及对这份职业的敬畏。

虽然回国后我所从事的并非时尚行业，但并不影响我对时尚发自内心的热爱。我每年依然会关注自己喜欢的设计师的大秀，依然会关注时尚杂志公众号发布的最新文章，依然会跟时尚行业的老朋友聊聊彼此的生活状态，会跟好友热情地分享最近买到的心爱的时尚单品。

生命中有很多事情往往出乎我们的意料，你中意的东西，你爱上的人，你喜欢的职业，阴差阳错下，刚好与你擦肩而过，可老天却偷偷给你开了扇窗，兜兜转转，最后还是遇到了对的人、对的事。

生活就像开盲盒，你永远不知道下一秒会开出什么，个中酸甜苦辣，起起伏伏，只有经历了才能悟出其中的智慧。

十年前，眼袋、泪沟、法令纹还没有爬上我的脸庞；熬几个夜，吃几个冷饮，第二天依然神清气爽；失恋了，崩溃了，还可以从头再来。现在，好像有些不同了。不认真护肤、防晒、敷面膜，脸会垮；作息紊乱，暴饮暴食，胃会不舒服；重新审视自己的人生，多了一份责任。

回过头看这一路走来，有欢笑，有泪水，有坚持，有放弃。如果你问我想不想回到 10 年前的少女时代？我会告诉你：我爱自己 25 岁时的青春无畏，也爱自己 35 岁时的勇敢与执着。

曾经有位事业有成的长辈语重心长地对我说："姑娘，你要学会妥协。"这些年，妥协这门功课我学得很好，可以拿 90 分。但这一次，我想不及格。

第九章

制心一处，自成宇宙

一千个人眼中有一千个你，即使你已经
做得很棒了，也永远无法令所有人满意。

有天午后，雨过天晴，我走到后院想着呼吸下雨后的"空气维生素"，偶然间瞥见了石板缝里长出的一簇簇杂草。这旺盛的生命力与萧瑟的冷风形成了强烈的反差。尽管它们已经枯黄，但簇拥在一起的气势丝毫不输栅栏里的青草。

连续几天的雨水让大地散发出清新的味道，夕阳的余晖洒在白杨树金黄的秋叶上，与粉色的晚霞相呼应，仿佛一幅静谧的油画。

我站在院子的栅栏里抬头望着空旷的天空，云在飘，我的心也跟着飘走了。我不愿戴上手套，生怕抓不住这转瞬即逝的美好。

我想，人有的时候就应该像杂草一样活着，不论处于什么样的环境，多么被动，多么不利，都不该放弃生存的希望，怀揣着顽强的精神，铆足了劲儿，在有限的空间里肆意地发芽、繁衍、生长。

作家季羡林老先生曾在他的作品中写过："好多年来，我曾有过一个'良好'的愿望：我对每个人都好，也希望每个人都对我好。只望有誉，不能有毁。最近我恍然大悟，那是不可能的。

如果真有一个人，人人都说他好，这个人很可能是一个极端圆滑的人，圆滑到琉璃球又能长上脚的程度。"

社会对人的评价体系越来越单一，要做到完全不在意别人的评价和目光真的很难。

在职场里，在生活中，我们时常会因为领导、同事、朋友的一句话、一个反应而不知所措，翻来覆去想半天。一会儿怀疑会不会是自己太敏感，一会儿又纠结自己刚才反应不够敏捷，然后揣测许久，陷入自我内耗的状态中。

其实这种状态很正常，毕竟我们无法脱离社会而存在。但当我们过分在意他人的眼光时，就已经活在了别人的剧本里。

一千个人眼中有一千个你，即使你已经做得很棒了，也永远无法令所有人满意。

焦虑的本质是恐惧，不论这类恐惧具体指的是什么。有时候想想，没什么大不了的，生死之外都是小事。

逃避并不能解决实际问题，理性的做法应该是深入思考最坏的结果会是什么，然后看看自己能不能接受这个结果。

勇敢地面对自己尴尬和丢脸的瞬间，不要成为语言、声音的奴隶，是我们在社会上需要修炼的必备技能之一。况且低谷期也并非毫无益处，它是一场自我觉醒，击破幻相的同时使你看清周遭真实的一面。

大家有没有发现，每当我们读到一本很有意思的小说或者看一部惊险刺激的电影大片时，就感觉时间过得特别快？这就是进入"心流"状态的现象。当你全情投入其中的时候，那些

无意识的念头也随之消散了。

压力大的时候，我会尝试把注意力放在能让自己开心的事情上。比如出门晒晒太阳、冥想、去森林公园跑步、学习新的技能，让自己在某个阶段尽力保持专注的状态。

大自然赋予万物生长与希望，人类也是自然界的一部分。可以试想一下，你有多久没有跟大地进行真实的连接，在蔚蓝的天空下观察云朵的变幻了？又有多久没有停留在一棵树前观察它的纹理了？

也许是智能手机夺走了我们与自然沟通的机会。

手机，这个让人又爱又恨的通信工具早已悄无声息地支配了我们生活的方方面面。我们走路时看手机，吃饭时看手机，开车时看手机，它就像一个魔咒，附在每一个都市人身上，甩也甩不掉。

而跑步的时候，我会直视前方的风景，将一切琐事抛之脑后，这一小时的有氧运动是我跟"魔咒"暂时告别的时刻，也是将身心彻底融入自然的时刻。

在天然氧吧中慢跑，目光所及之处被花繁叶茂的灌木所环绕，视线离开了那巴掌大的屏幕，才发现世界是如此美好。

跑步时，随着呼吸节奏的调整，整个人会感觉很放松，看着跑道上比我更专业的运动者们，我会不由自主地跟上大家的步伐。有时候，他们暂时跑到了你前面，过了一个桥，又落到了你后面。没有谁快谁慢，大家面朝着同一片蓝天，呼吸着清新的空气，只是努力地奔跑着。他们可能是工程师，可能是医生，也可能是大学生，但在这一刻，我们的频率是一样的。

当代人的生活压力大，失眠、烦躁似乎成了家常便饭。我们手里好像总是有干不完的活、做不完的 PPT，过节回家了，耳边还总是会响起各种催婚催生的声音。

被房子、职场、家庭的重担压得喘不过气来的年轻人患抑郁症的数量在逐年增加。所以近年来，许多年轻人选择返回家乡发展，回归田园生活，远离都市的喧嚣和疲惫，重新构建一种简单而自由随性的生活方式。

充满能量的阳光就是治愈内心阴霾最好的解药之一。有多项科学研究表明，晒太阳能让人心情变好，释放压力，减轻焦虑的症状。适当地晒太阳不仅有利于让身体排出寒气，补充阳气，提高免疫力，还有助于我们平稳情绪，让身心充满正能量。

朋友们平时可以通过晒手心、晒后背让太阳的阳气通达全身，在深呼吸的同时，伸展双臂，抬头看向天空，慢慢感受那一股股暖流流入体内的感觉。每次晒太阳的时间不用很久，15分钟到 20 分钟即可。

我喜欢被太阳拥抱的炙热的感觉。那种暖暖的、巨大的亮光让人全身充满了幸福和能量。

前几年，网上流行卖各个地区的新鲜空气，如果世界各地的阳光也能被装进瓶子里售卖就好了。

还记得那个早秋的正午，迎着暖阳，一缕缕柔和的凉风拂过脸颊，好似一场太阳与秋风的婚礼。我坐在佛罗伦萨圣十字教堂前的广场上，像是这场婚礼的来宾，祝福着金秋十月的美好。

走累了，在圣母百花大教堂对面的 Bar 里喝一杯柠檬酒小憩一下。

披一件羊毛大衣，戴一副墨镜，就这么待着，什么也不做。看懒洋洋的鸽子伏在地上打盹，看美术学院的学生画着速写，看咖啡馆门前的游客人来人往。渴了就开一瓶可乐，酸甜平衡，恰到好处，喝完不会酸牙。把生命浪费在明媚、温柔的阳光里，悠闲地，刚刚好。

艺术家路易斯·布尔乔亚（Louise Bourgeois）曾说："颜色比语言更强大。它是一种潜意识的交流。"

很多时候，我们内心的忧郁是无法用言语表达出来的，绘画恰巧给人们提供了一个很好的疗愈方式。

美国精神分析学家玛格丽特·纳姆伯格（Margaret Naumburg）在 20 世纪 30 年代提出了著名的"艺术治疗"（Art Therapy）这一概念。具体方式是让患者自由作画，然后对画面做自由联想式的解析。

1969 年，美国成立了专门的组织——艺术治疗协会（American Art Therapy Association），致力于艺术治疗专业的成长和发展。该协会对艺术治疗做了如下定义："利用艺术媒介、艺术创作过程和当事人对所创作艺术作品的反应，实现对个人的个性、能力、兴趣、发展以及内心关注点和冲突点的反思的服务。"

目前，该治疗方法被广泛应用于教育与心理治疗领域，而且在欧美国家非常盛行。

据悉，伦敦大学学院（University College London）还开设了艺术治疗专业，学制为一年，授予艺术与科学硕士学位。可见，艺术治疗在当代心理疗愈方面发挥的作用是不容小觑的。

我一直认为艺术的本质是创作者表达自我、传递情绪的一种途径，即使你没有很好的绘画功底，也无法精准地描绘出人物与风景实物的细节，也没关系，你仍然可以通过绘画来表达自己的情感。想画什么就画什么，不限主题，不限风格，想象力就是你最强大的武器。在一张不设限的白纸上，任何图案都能宣泄你的情绪，不论它是悲伤的，还是快乐的。

在绘画的过程中，我能深刻地体会到那些焦虑、伤感的心境会随着色彩的丰富、线条的纵深而渐渐淡去，在厚重的颜料

喷涌而出的同时，内心也不那么压抑了。

落笔的那一刻，大脑中的灵感让内心的畅快与色彩相连接，这种深层次的连接使我深入自己的内心世界，在这个世界里，没有束缚，没有紧张，有的是灿烂，是快乐，是无限的可能。

其实，不只是绘画，音乐、舞蹈也都是释放压力的灵丹妙药。

室内乐的组合形式丰富多元，比如钢琴重奏、管乐重奏、弦乐重奏等。而在弦乐重奏的形式中，最考验的便是艺术家的技巧和默契。每把提琴各司其职，在复杂的和声结构中各显神通。

当听到由著名小提琴家王晓明领衔演奏的斯特拉迪瓦里四重奏时，工作中遇到的烦心事随着奇妙的音符被一扫而空。作曲家门德尔松（Felix Mendelssohn）在 16 岁时创作的降 E 大调弦乐八重奏在斯特拉迪瓦里收藏级古董提琴的演绎下，更具魔力。

第一乐章大气磅礴，宛如滔天海浪，直接将心里的苦闷卷进海底深渊，宽广的音域化解了人们心中所有的委屈。你不需要再向别人倾诉，第一小提琴高亢的旋律已为你积蓄许久的坏情绪画上了休止符。音符自由组合变换，从来不需要讨好任何人。

艺术就像一种超能力，它能带你穿越贫瘠的沙漠，穿越乌云密布的天空，而这个超能力，你也有。

保持深度聚焦的能力，在生活中尽可能多做一些高能量的事情。冥想、运动、晒太阳都不需要花钱，只需要你抽出一点时间，有意识地坚持去做就好。

人越是在低谷期，越要相信自己的直觉，好好地爱自己。

比如穿喜欢的衣服，吃喜欢的食物，看喜欢的书籍，涂喜爱的口红，把自己捯饬得美美的。和欣赏自己、鼓励自己的人相处，远离打压你、否定你的人和群体。

尤其是当你出色地完成了一项任务时，即便没有人给你点赞，也请记得在心里为自己点赞。

当你不断接收到正向反馈的时候，便会有更多的自信和元气去面对接下来的生活。

抛开焦虑，忘记烦恼，人世间的很多美好是值得花时间去体味，值得耐心地去等待。附一首宋代高僧释绍昙作的诗句送给你："春有百花秋有月，夏有凉风冬有雪，若无闲事挂心头，便是人间好时节。"这好时节，你也会赶上的。

看不见的幸运

整理沙发上散落的一沓书籍时，我再次翻开冯唐写的《品读曾国藩嘉言钞》，重新阅读后，仍能读出新意。

"曾国藩的欢喜三境界：累死，能酣睡；看开，能笑忘；高声朗读，声若金石。人间有三个空间能息心养性：重症病房、山房、书房……病房、山房、书房，都是心房，去待待，去打开，那些房间能打开多大，你的心胸就有多大。"

读到这里，我的思绪又飘回了那段特殊的时光。

我生产的时候，由于一些特殊情况，医院的人手严重不足。紧急做完剖宫产手术后，我整个人完全不能自理，除了医生要求必须下地走路以免粘连以外，留院观察期间，我都是躺在升降床上度过的。

一天上午，我躺在病床上休息时，突然听见对面病房里传出了一阵阵撕心裂肺的哭喊声，我原本以为是产妇正在生产，过了一会又传出凄厉的叫喊声，这个声音大到几乎能穿透整个楼道，持续了很久，咆哮似的拉扯着每一个躺在病房里的人的神经。

后来，家人经过询问才得知，原来由于床位紧张，骨科的一场手术被临时安排到产科的病房里了。而那位绝望的病人因为高血压的缘故在接骨手术中未能打麻药。听完，我瞬间震惊了，不打麻药的操作一定让这个女孩疼到窒息，可以想象她当时得有多崩溃。

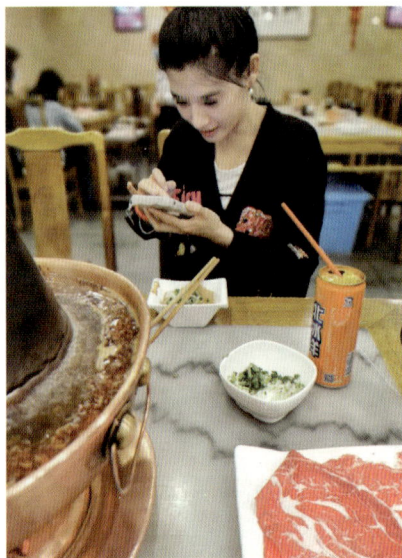

我心里有种说不出的滋味，能做的也只是默默地为一墙之隔的她加油、打气，并且祈祷手术赶紧结束。

节日放假前夕，我闹肠胃炎，连说话的力气都没有了，直到喝了补液盐才勉强有劲站起来。下床时，我冲着镜子瞟了一眼，猛然发现自己瘦了一圈，腿变细了，脸变尖了，嘴唇变紫了。

我躺在床上，裹着大棉被，肚子咕噜咕噜地叫着，脑海里全是冰镇酸梅汤、北冰洋、卡瓦斯。我想吃四季民福的烤鸭、想吃重庆火锅、想吃聚宝源的涮肉。这些美食变成了我此刻唯一的愿望。哦，还有几个奢求：鼻子上的爆痘快点消失，夏天快点到来，那个生龙活虎的我赶紧回来吧！

都用不着去重症病房，一个小小的肠胃炎就能给我上一堂朴实无华又发人深省的哲学课了。

病好后，我学着网上的教程，用绿茶打底，加入百香果、小青柠、冰糖，给自己做了一杯超爽的果茶，味道嘛，虽然没有外面卖的那么好喝，但主打一个干净、健康。

开怀畅饮间，喝的简直不算是茶，是重获新生的自由心境啊，原来什么都不如健康、平安、自由地活在当下重要。

那些宅在家里吃零食、看电影的日子，那些觉得上班无聊摸鱼的日子，那些跟伴侣斗气、拌嘴的日子，该是多么平凡却又多么幸运啊！我们时常会因为小概率的事件没发生在自己身上，所以觉得藏在烟火气里的日常是无聊且烦躁的。

平淡的生活里却隐藏着看不见的幸运。这份幸运不是每个人都能拥有的，我们却很少珍视过它，并且似乎把它当成了理所当然的存在。

和所有喜欢小动物的朋友一样，我跟鸟儿之间也有一场奇妙的缘分。这些年，我陆续养过很多不同品种的鹦鹉，它们的羽毛像调色盘，绚烂靓丽。我早已把小鹦鹉当作家庭成员中的一分子了，看着它们在家里自由敏捷地飞翔，很是治愈。

无一例外，有它们陪伴的春夏秋冬，都是彩色的。

每一只小鹦鹉都有自己的故事。

　　桃桃很有镜头感，会在我自拍的时候也跟着一起摆 POSE；达达妮当年被转让给了一对退休老夫妇寄养，我回来时已经完全认不出它了。它脸部周围的羽毛稀疏、暗淡，生了七八个小崽，也是我最心疼的一只；多多很乖很黏人，会站在我的肩膀上陪我一起看视频，然后不停地打瞌睡。可惜，它们都去了"鸟星"，变成了我手机相册里珍贵的回忆。

　　现在，只剩下"老先生"了。

　　"老先生"生活作息比我规律，它早起早睡，还知道晚上控制饮食。它早晨的叫声比闹铃还要准时，实在是让我佩服至极。

　　我看电影时，它会面朝屏幕，随着剧情的起伏发出各种怪叫，好像它真能看懂一样；我在电脑上打字时，它会站在我的肩膀上陪着我写作；我突然打了个喷嚏，它会表现出一副难以置信的样子；屋子里一有什么动静，它就会警惕起来，一改往日的咋呼，用它那圆溜溜的小眼睛观察着周围的一切。

　　不过，当我的手指偶尔被它咬出血时，我俩也会上演一场场"相爱相杀"的狗血剧情。

　　窗外疾风骤雨，雷声隆隆之时，我会感慨比起野外的鸟群，"老先生"幸运多了，不用担心食物匮乏、气候变化、环境污染等威胁生存的问题，可转念一想，这么有灵性的鸟儿每天陪伴着我，又何尝不是我的幸运呢？

　　我习惯了"老先生"在家时的碎碎念和模仿外面喜鹊的嘎嘎叫声，如果有一天听不见它聒噪的叫声，我的心里反而空落落的。

鸟儿也有自己的命运，我曾经真正疼爱过这些小宝贝，不论是飞走的，还是因生病离开的，有它们陪伴的时光，开心过、温暖过，便足矣。

动物永远比人简单，它们用自己短暂的一生教会了我什么叫作"珍惜"。

近几年，时间仿佛过得特别快，我还没反应过来，一连串的意外事件就接踵而至。其中就包括我亲爱的姥爷和奶奶相继离世。我却因为疫情隔离没有见到他们最后一面。我得知他们离世的消息时，已是一年之后了。

我努力让记忆往回倒，恍惚之间才惊觉，原来夏天的南方之行竟变成了我和奶奶的最后一面。从此以后，我只能靠翻看手机里的照片，隔着屏幕回忆起那张充满皱纹但鲜活质朴的脸庞。

奶奶身形瘦小，却有一颗菩提心，生前，她给村子里很多乡邻都看过病。即便承受着身体上的疼痛，她还是以自己看待生命的方式和尘世做了最后的告别。

时间不等人，错过了就是错过了。珍惜眼前人的意义就在于，你永远不知道哪次见面就变成了最后一面。

空虚、浮躁的时候给自己放一个小长假吧。去旅行，感受雪山的磅礴、湖水的静谧，鸟、兽、花、草比人美；去看书，原来困扰你的问题，古人早就解开了；给远在家乡的父母打一通电话，请他们到高级餐厅吃一顿大餐。星空、大地、鸟兽不会让你小心翼翼，爱你的老爸老妈不会放你鸽子。

新的一年送给自己四个字：宁静致远。将自己的心境沉下来，屏蔽掉"你应该这样做，你应该那样做"的声音。

尊重自己的感受，不再急切地想要得到别人的认同。把那些习以为常的微笑、关怀和幸运收藏进心底，认真地思考大大小小的选择以及结果，仔细观察生活中的点点滴滴，用心去感受生活，用心去创造价值。

我们永远无法成为任何人，我们只能成为自己。多做点好事，多积点德，比什么都不干、成天瞎想强。

第十章

谢谢你的陪伴

爸爸让我懂道理，
像个大人那样做。
可我想让你知道，
糖果比道理重要。

一个闲暇的中午，我打开爱奇艺，看完了吴彦姝、奚美娟两位老艺术家主演的电影《妈妈》，它的后劲儿很大，我久久不能释怀。

电影讲述了一位 85 岁的母亲照顾 65 岁患有阿尔茨海默病的女儿的故事。里面的很多镜头都很有意思，年迈的母亲在得知女儿得了这个病之后，坚强地扛起了照顾女儿生活起居的一切琐事。她练瑜伽、下厨房做饭、给女儿洗澡，在超市遇到污蔑她女儿是小偷的男人，上去就是一巴掌。

尤其是女儿冯济真要了个小把戏骗她妈妈的那个镜头，给我逗乐了很久。她一边拿出维生素一边迅速地扔到窗外："尘归尘，土归土，维生素，变泥土。"

现实生活中，"平淡"总是岁月的基调。它既没有电影跌宕曲折的情节，也没有夺目的特效，然而就在这朴素的日常里，母亲的爱恰似隐匿于时光中的无价之宝，在细水长流间，深沉而闪耀，值得用一生的赤诚去守护。

妈妈之前在医院工作，因为她的缘故，我个人非常尊重医生这个职业。她在医院里人缘好，待人真诚，朋友很多。以前去医院找妈妈，她穿着白大褂和我走在路上，有说有笑的，有时会被路人指着说："看，人家医患之间处得多好！"

这么多年来，她也是唯一无条件信任我、支持我的人。

小时候，我很爱听故事，家里有一台 90 年代又大又重的老式录音机，插磁带的那种。像《西游记》《皮皮鲁和鲁西西》等热门的磁带、流行歌手的专辑，她都会毫不吝啬地买给我。一起逛街时，我们会像朋友一样互相给参考意见；参加比赛时，她会鼓励我自信地展示自己。不论是对时尚的理解，还是在对美好事物的追求上，都是她赋予了我勇气。

妈妈的陪伴就像一颗种子，在光阴的流逝中默默地发芽、壮大，让我努力活出自己想要的人生，拥有更多的选择权。也许对她来说，我这棵小树上的枝条长一些或者短一些，都无妨。

当年，妈妈为了照顾产后无法自理的我熬了数不清的夜，陪着我去医院做了无数次检查，是她在整个孕期的守护，让我腹中的这个小小的胚胎得以健康平安地长大。不论怎么看，这几十年来，我确实给她添了很多麻烦。时光啊，请你温柔点，让妈妈慢些老去吧，因为我还有说不完的故事要跟她分享，还要带她一起去看很多明媚的风光呢。

我始终相信善有善报，妈妈的善良和从容是一面镜子，让我深深地懂得"己所不欲，勿施于人"。

有妈妈在的家，烟火气十足。让我出门在外定会思念的是妈妈煮的奶茶和她包的茴香馅饺子。煮奶茶很简单，配料就是茯砖茶、牛奶、盐，再加上灵魂配料酥油，味道就一下变得浓

香啦。每次喝奶茶，我还会搭配辣皮子馕和酸奶疙瘩吃，所以这个组合在我心中可谓是封神的存在。

这些简单的美食似乎带着温柔的絮语，轻轻地对你说：在家就放松点吧，这里没人会时刻盯着你有没有完成手头的工作，也没人会要求你去守一大堆规矩。开一个清甜的哈密瓜，就着孜然辣子面儿扑鼻的香气，放心，你离"浮躁"太远，它们找不到你。

90年代的妈妈们很少有机会出国留学看世界，体验多元文化带来的全新视野。她们大多操持着家务，独自承担着养育孩子和照顾老人的重任，生活轨迹单调而乏味。

今天，她们的子女，90后，拥有更多看世界的资本和条件，也更懂得如何表达一份深厚的爱意。

在一个内心莫名期待要干点什么的午后，我无意中翻开了一沓落满灰尘的老相册，打开相册的一瞬间，我仿佛穿越回了35年前的热闹场景。

妈妈穿着粉色的蕾丝婚纱，烫着当时流行的卷发，爸爸穿着深蓝色西装搭配红色的领带，脸上洋溢着腼腆的微笑，两人在众人的簇拥下坐上了婚车。噼里啪啦的鞭炮在地面上欢实地跳跃着，硫黄在那一刻闻起来都是幸福的味道。

往后翻相册，我诞生了。一个眼神懵懂的婴儿坐在他俩的中间，好奇地盯着镜头外不知道什么地方。妈妈剪了短发，一家三口的合影慢慢变少了，大部分都是妈妈带着我玩耍的场景。

再往后翻，我长大了，他俩的脸上褪去了青涩，虽然身材略有发福，但还是能感受到欢乐。

我抚摸着这个泛黄的老相册，感慨时光匆匆，我的30年转眼间就过去了，而他们的60年一瞬间也就这么逝去了。

长这么大，我从来没有像现在这样渴望了解父母的青春和他们的成长故事。他们那时候的偶像是谁？他们的梦想是什么？他们面对人生的迷茫又是怎么处理的？他们曾经也是个孩子，怎么就突然变成了大人的模样，一路扛过来了呢？

又到一年岁末时，北京城褪去了往日的熙攘。人们背上行囊，拖着行李，汇入春运的大潮，奔向团圆的方向。街上车流渐少，空气中充满着祥和的安静。

我拿起手机，播放了一首莫扎特在 1977 年创作的《小星星变奏曲》。这首由 12 段变奏组成的钢琴曲的主题源自法国民谣《哦！妈妈请您听我说》(*Ah！vous dirai-je, maman*)。

> 哦！妈妈请听我说，
> 什么令我苦恼万分！
> 爸爸让我懂道理，
> 像个大人那样做。
> 可我想让你知道，
> 糖果比道理重要。

快速跳跃的音符天真灵动却又不乏精妙的技巧，逐层递进的变奏就像出生到成年的每个阶段，演绎着成长的足迹。相信不论多大年纪，在全世界妈妈的眼里，我们都是那个要糖果的小孩。

打开外卖软件，我选了一家评分为 5 分的鲜花店，把一款名为"紫色朦胧梦"的鲜花加入购物车。在"是否需要贺卡"的页面上，选择"需要"，系统自带了很多条祝福语，我挑了这句话："我的故事里，藏着您的青春，那些是您温柔呵护的流年。"

第十一章

神奇的事

独角兽总是出现在你忘记带相机的时候。

如果你问我最喜欢的科幻电影是哪一部？

我会毫不犹豫地回答："《第五元素》。"

这部由吕克·贝松（Luc Besson）执导，在1997年上映的老电影，无论是从情节、特效、配乐、演员的演技，还是从歌颂爱情和反战题材来看，都相当精彩，让人百看不厌。顺便提一句，当年这部电影的服装指导可是让·保罗·高提耶（Jean Paul Gaultier），女主那件著名的白色绷带衣和500多个群演的戏服全部出自他之手。

儿时看完这部电影以后，我就经常幻想自己也拥有某种强大的超能力，能在临危之际，像 Leeloo（电影女主）一样肩负起拯救地球的使命。可惜，事与愿违，长大之后，我发现自己唯一获得的超能力可能就是——超级懒。

边防站奇遇

二十年前的一个夏天，我有幸到位于中国和哈萨克斯坦边界的阿吾斯齐边防站，体验为期10天左右的军旅夏令营生活。

夏令营结束回家后，最让我妈大吃一惊的不是我被晒得黝黑的皮肤，而是早晨起床后，我会把被子叠得像豆腐块一样整齐。遗憾的是，这个叠"豆腐块"的行为我只坚持了短短三天。

这么多年过去了，我都没再叠过那么整齐的被子，可有个场景却在我的脑海里永生难忘。

那天早晨的风很大，凛冽的风像小刀一样刮着我和小伙伴们睡眼惺忪的脸庞，在教官的带领下，大家极不情愿地徒步往远处走。困意十足的我，对徒步大戈壁这种事提不起一丝兴趣，小腿也沉重得快抬不起来了。

走着走着，我们到了一片风景奇丽的草原上，大伙瞬间被草地上活蹦乱跳的褐色蚂蚱惊醒，完全没有倦意了。

广袤的大地仿佛被一刀劈成了两半，这一侧还是绿意葱葱的大草原，另一侧却被一座白雪皑皑的冰川所覆盖，脚下还时不时地窜出一两条戈壁小蜥蜴，让人不禁倒吸一口凉气。

但更神奇的一处景象是矗立在前方草地上的山崖，山崖的表面布满了大大小小的洞穴，看起来像是什么动物的栖息之所。比起这壮观而割裂的景色，这些洞穴更具神秘色彩。

我们靠近洞口，仔细往里瞧才发现，原来这是个鹰巢，整个山崖都被老鹰的巢穴给填满了。

教官走上前，把胳膊伸进其中一个洞里，小心翼翼地从洞穴深处掏出了一只雏鹰，大伙迅速默契地围在一起，伸出胳膊给这只雏鹰挡风。只见它全身都是绒毛，棕色的羽毛还未长齐，眼神明亮、清澈，好奇地仰着脖子东张西望。

有人提议把这只可爱的雏鹰带回边防站养着，但教官最后还是把它放回了巢穴。想必这小小的一方天地自然困不住它那自由的灵魂，振翅九霄，万里长空，才应该是这只雄鹰最终的归宿吧。

UFO 来了

有多少朋友和我一样是《鬼吹灯》《盗墓笔记》的狂热粉丝？或者说有多少小伙伴和我一样曾经守着 FM 87.6 北京文艺广播电台每天零点播出的《午夜拍案惊奇》听？说实话，我从来没被里面的内容吓到过，倒是每次开头播放的高跟鞋的声音着实令人毛骨悚然。

不过，在我身上还真的发生过不少神奇的事儿。

时间大概追溯到我读小学四年级时的一个傍晚。我一个人出去倒垃圾，天已经完全黑了，走在漆黑寂静的水泥路上，只有点点繁星与我做伴。我当时唯一的想法就是倒完垃圾赶紧回家。然而就在我刚把垃圾扔掉的时候，天上突然出现了一个浅绿色的椭圆形光晕，而且在空中胡乱地盘旋。它移动一下，短暂停顿一下；再移动一下，又停顿一下。

要知道，一个明亮的浅绿色发光体在黑夜的衬托下可是相当显眼。

我当时的第一反应是 UFO 来了！小小的我呼吸急促，万分紧张地盯着那个椭圆形发光体，它每移动一下，我的肾上腺素就会跟着往上飙升。

由于那个发光体距离我很近，而且我始终相信浩瀚的宇宙一定不只是有人类这一种智慧生物的存在，所以，那一刻，我脑海中已经想象出了一个有关我和外星人相遇的剧情了。一想到如果真的是 UFO 来了，自己可能会被带走，于是我撒腿就跑，以百米冲刺的速度跑回了家。

开大门的时候，我的手都在颤抖，当时还在心里骂了一万次，为什么单元大门非得用钥匙才能打开。

穿越时空的花瓶

2017 年 3 月 10 日下午 5 点左右，地点，北京。我从超市买的玻璃花瓶无端失踪了。

回忆起来，超市给的袋子里只装了两样东西：一样是水培风信子，另一样就是这个事件的主角——25 元的玻璃花瓶。但当我到家打开袋子的时候，只有水培风信子，并没有花瓶。也就是说，在家里，我并没有见过这个花瓶！

于是我在 17 点 11 分打电话到超市，希望调监控看看。经理也很负责，调出了当时的监控，确定花瓶被我装进了袋子。可整个过程中，我在车的后备厢前前后后找了三次，都没有找到花瓶。晚饭后，我又在桌子上找了半天，还是没有看到。

就这样，我怀着无比复杂的心情度过了那一晚，并不是觉得亏了 25 块钱，而是觉得整件事很奇怪。

3月11日，我到客厅的冰箱里取食物，回过头猛然发现那个花瓶竟然在客厅的桌子上！当时，我顺便瞥了一眼墙上的时钟，时间正好是17点整。

花瓶出现的地点是桌子最里面的角落里。这个突然冒出来的花瓶就像一个怪物，硬生生地让我杵在原地愣了几秒，没回过神来。我当时全身的鸡皮疙瘩都起来了，大脑飞速运转，为什么3月10日晚上没有出现，3月11日17点之前也没有出现，偏偏在17点整，它出现了！

距离花瓶丢失的时间恰好24小时。

花瓶，穿越时空了。

或许你会说可能是我当时太紧张，人在紧张的情况下，就是看不到自己要找的东西，但我仍然相信，那只花瓶是以某种科学无法解释的原理消失后又出现了。为此，我非常后悔当时没有拍下照片或者录个视频来记录它从消失到出现的全过程。

第十二章

无声胜有声

独处是灵魂的氧气，边界是心灵的篱笆——两者缺一不可。

——帕克·帕尔默（Parker J. Palmer），美国作家

文字虽然没有声音，但堆砌起来，比语言更加震慑人心。

不知道大家有没有类似的经历，有时候在网上发表一个评论，下面会莫名其妙地出现一个恶意的跟帖回复。这些没有成本、没有底线的谩骂、诋毁、造谣，在当今互联网极度发达的年代显得如此可怕。

不论是现实世界还是网络世界，违法成本低，维权成本高的现状让很多受害者维权的过程变得异常艰难。

米兰·昆德拉（Milan Kundera）在《小说的艺术》里曾提到过："人有一种天生的难以遏制的欲望，那就是在理解之前就评判。"

中国互联网络信息中心发布的第 56 次《中国互联网络发展状况统计报告》显示，截至 2025 年 6 月，我国网民规模达 11.23 亿人，占全球第一，互联网普及率达 79.7%。

这个海量级的数据告诉我们，网络作为一种媒介已经形成了一股不可忽视的力量，而如何正确发挥它的影响力，是我们全社会所有人的责任。

其实，针对网络暴力问题，我国法律也在不断完善中。

2023 年 7 月 7 日，国家网信办发布《网络暴力信息治理规定（征求意见稿）》，向社会公开征求意见。

征求意见稿中界定了网络暴力信息的三大特征：首先是集中性，信息是对个人集中发布的；其次是违法性，对于个人的侮辱、谩骂、造谣、诽谤、侵犯都是违法行为；最后是不良性，征求意见稿明确了严重影响身心健康的道德绑架、贬低、歧视、恶意揣测为不良信息。

一年后，2024 年 6 月 12 日，国家互联网信息办公室联合公安部、文化和旅游部、国家广播电视总局公布《网络暴力信息治理规定》，并于 2024 年 8 月 1 日起正式施行。

1992 年上映的《闻香识女人》这部电影，拿下了第 50 届美国金球奖最佳影片奖等多项大奖，其中被人们熟知的一幕是奥斯卡影帝阿尔·帕西诺（AL Pacino）饰演的退役中校弗兰克与美丽佳人唐娜共舞探戈的经典片段。但除了这段"史上最美探戈"的剧情之外，更让我为之触动的是弗兰克为查理辩护时的那段台词："我看过很多很多更年轻的男孩，臂膀被扭，腿被炸断，但那些都不及丑陋的灵魂可怕。因为灵魂是没有义肢的。"

电影里的这段演说就像一架蓄势已久的大炮，轰碎了所有的伪善和畏惧。是啊，在任何时代，正直、原则、勇气这些难能可贵的品质都应当成为我们灵魂深处坚实的锚点，它们不应该随着科技的发展而消亡褪色。网络世界亦是如此。

在生活中，我们要有意识地学会保护好自身的能量，屏蔽掉消耗你的杂音。

前段时间，我把一个常用的 APP 给卸载了，因为我察觉到自己已经养成了一个浪费时间的坏习惯。闲暇时总是忍不住点开它，像上瘾一样浏览与自己生活无关且碎片化的信息，刷着刷着，半小时、一小时就这么过去了，好像时间被偷走了一样。而且有时候，底下的评论更是影响我的情绪，需要我调动精神去消化这些不良情绪。

仔细想想，有跟陌生人争辩的工夫，真不如去做一些更有意义的事情。卸载掉这个 APP 之后，我的生活照样继续，但头脑和心灵却宁静很多。

央视新闻曾报道过，中国科学院国家授时中心、英国国家物理实验室时间频率组等机构的研究人员表示，从 2020 年年中以来，地球的自转速率呈加快趋势，一天已不足 24 小时。以前忙起来总觉得时间不够用，现在是真的变短了。

好好规划时间，按照自己的节奏，把碎片化的时间集中起来去阅读、健身、发展兴趣爱好，会让我们的生活变得高效且不无聊。

尊重不同的声音，尊重不同的视角。网络的力量应该用于传播正能量，传递那些在现实中不被听见的声音，传递那些直击心灵的美好。我更愿意相信互联网被发明出来的初衷是为了让大家了解更广阔的世界，而不是变成一个任何人都能在虚拟世界里肆意泄愤的工具。

"边界感（sense of boundary）"这个词，近年来非常流行，作为心理学术语，它指的是"自我边界，彼此尊重，不冒犯对方"。这里的"边界"，既指物质上、心理上的边界，也指个人空间上的边界。

伊索说过："熟悉会滋长轻视。"陌生人、熟人、朋友、亲戚，随着亲密关系程度的递进，人与人之间的边界感也难免越来越模糊。

甚至很多冷不丁冒出来的伤人的话往往出自关系很近的人之口。有时深感倒不如自己独处来得自在、愉悦。

打着关心你的旗号，问着让人尴尬的问题，似乎想通过你回答的精确度来考验彼此之间的感情。这些问题的背后，有对你的好奇，也有对你的揣测。仿佛不把所有的隐私扒开了、揉碎了"汇报"给对方，就是对这段关系的亵渎。

事实上，每个人的家庭成长环境、接受的教育、生活经历都不同，几乎不存在真正的感同身受。保持一个良好的心理安全距离会让双方的交往变得轻松而愉快。

时间会替你筛选掉一切虚情假意，留下经得起考验的关系，而一段持久健康的关系也绝非仅靠一方一味地妥协、退让就能换来的。

千金易得，知己难逢。朋友不在多，而在于真。一段灿烂的友谊会滋养你的心田，温暖你的四季，即使多年不见，彼此依然有心有灵犀的默契和肝胆相照的义气。

在成长过程中，我身边的朋友换了一批又一批。儿时嬉戏打闹的发小、中学时无话不谈的闺蜜、大学时一起奋斗的同学、上班后并肩作战的队友，随着时间的推移，有的失去了联系，有的躺在微信好友里慢慢变成了最熟悉的陌生人。

大家都有了新的圈子，对这个世界的理解也大有不同。新的人生观、世界观、价值观让我们彼此的世界仿佛隔了一道墙，我站在墙的这边续写着自己的人生，你站在墙的另一边，谱写着你的篇章。

附上一首前段时间很火的小诗："纽约时间比加州时间早三个小时，但加州时间并没有变慢。有人 22 岁就毕业了，但等了五年才找到好的工作；有人 25 岁就当上 CEO，却在 50 岁去世。也有人直到 50 岁才当上 CEO，然后活到 90 岁；有人依然单身，同时也有人已婚。每个人都有自己的发展时区。有些人看似走在你前面，也有人看似走在你后面，但每个人都是在自己时区的轨迹上奔跑着。不用羡慕眼红他们，不用嫉妒嘲笑他们，每个人都在自己的时区里，生命就是等待正确的行动时机。放轻松，没有谁落后，没有谁领先，在命运为你安排的时区里，一切都准时。"

减少无效社交，珍惜来之不易的友情、爱情、亲情。属于你的谁也抢不走，不属于你的强求也没用。在自己的人生节奏里，不比较，不嫉妒；因上努力，果上随缘，就是最好的安排。

第十三章

来自星辰的思念

我总以为时间仁慈，却忘了它从未放过任何人。

姥姥是裁缝出身，她的手很巧，长年戴着一枚顶针。别看她不识字，在邻里街坊眼中，出自她手的衣服是出了名的漂亮。

小时候，姥姥用七八十年代风靡全国的的确良面料给我做了很多可爱的衣服和裤子。衣服上的花朵、小鹿、兔子刺绣是由姥爷画好，姥姥绣上去的。

今时今日，姥姥给我妈妈做的中式绸缎棉袄和背心，都被保存得很好。我抚摸着那层柔软的棉布和平整的针脚，好像看见了她坐在缝纫机前的样子。

可就是这么一个善良要强的人，得了脑出血，瘫痪了七年。

在与病魔斗争的七年里，即便是身体浮肿，不能自理，姥姥吃饭的姿势依然优雅，头发永远干净利落，身上的丝绸布料整洁而光滑，手腕上的玉镯水灵透亮。虽然行动不便，坐着轮椅，她的脸上却也时常挂着微笑，体面而坚强。我喜欢叫她"小玫瑰"，她就像玫瑰一样，芳香、坚韧。

姥姥家住在一楼，有个后院用来储物和养鸟，鸟都是散养的，所以它们活得很欢实。我很喜欢待在姥姥家，出去玩很方便，下个楼再推开单元门就能撒野了。

小时候，姥爷经常骑着他那辆"永久牌"二八大杠自行车载着我满街逛。骑累了，他就会把我抱下来坐在路边的石凳上休息一会，然后小心翼翼地从兜里掏出一块不知道什么时候藏的虾酥糖，剥开糖纸，把粘着糯米纸的虾酥糖送到我的嘴里，他自己也美滋滋地剥开一块送到自己的嘴里。

我们爷俩就这样坐一会，逛一会，逛累了，回到家，姥姥做的饭菜就端上桌了。我们仨一边看电视，一边吃着姥姥做的热乎饭，等着我妈下班来接我。

1995 年的冬天，一场暴雪让喧闹的城市按下了暂停键。

积雪没过了膝盖，路上看不见一辆车的影子。姥爷执意要来看我，从他家走到我家，他走了将近两个小时。我不记得那天具体的情景了，只记得我妈放下电话时担忧的神情，以及在窗台上看到姥爷一个人在白雪皑皑的路面上，一步一个脚印艰难地向前走的身影。

无论再过多少年，那个在大雪中穿着棉服、戴着雷锋帽的轮廓依然清晰，让人难忘。

在那些平凡且艰难的岁月里，他和姥姥两人一路从艰苦中走来，终于迎来丰衣足食、安逸祥和的日子。生活中不乏风雨如晦的时刻，但我知道，不论日子有多难，姥姥都始终如一地陪伴在姥爷身边。

有一次我去看望姥姥，推开门进去发现他们正在午睡，姥爷抱着身材已经浮肿的胖姥，安详地熟睡着。

后来，姥姥还是先走了。自从姥姥走后，我就很少在姥爷的脸上看见笑容。他经常独自一人坐在中心广场的花园里发呆。那是姥姥生前最喜欢去的地方。

有那么一段日子，姥爷时常看见一个中年男子在花园里闲逛，出于好奇，他就问："年轻人，为什么不去工作？天天在花园里闲逛啥？"

男子回答说："跟人打架，工作没了。"

姥爷又问："那你愿不愿意来照顾我啊？"

就这样，刘叔这一照顾，就是整整十三年，直到2022年的秋天把他老人家送走。

那个年代，没有海誓山盟，没有钻戒，没有婚纱，也没有香车豪宅，有的只是淳朴的感情和并肩携手面对风雨的勇气。

爱情到底是什么？是对怀抱里的那份温暖和体香的迷恋，是包容与担当，是柴米油盐的日常带来的踏实感。我想起了《从前慢》这首歌里木心写的词："记得早先少年时，大家诚诚恳恳，说一句是一句。清早上火车站，长街黑暗无行人，卖豆浆的小店冒着热气。从前的日色变得慢，车马邮件都慢，一生只够爱一个人……"

漫漫长夜中，我时常能在睡梦中梦见姥姥和姥爷的身影，他们还是那样亲切、慈祥。相信二老已经化作夜空中明亮的星辰，在无边无垠的宇宙中祝福着我，提醒着我，爱从未远去。

第十四章

致与众不同的你

孩子是生命对自身渴求的答案。

——纪伯伦（Gibran Kahlil），美国诗人

一个闲适惬意的周末，我在 RENDEZ-VOUS 喝咖啡时，无意中翻到了英国作家卡罗琳·克里亚多·佩雷斯（Caroline Criado Perez）写的《看不见的女性》，这本书的标题寓意很明显，不用看目录也能猜到大致内容。

让我决心买下这本书的恰恰是开篇的一句话："献给不屈的女性：继续当一个难缠的人。"

2025 乙巳蛇年，是个好年。对我来说，也是一个自我审视、自我蜕变之年。

我学会了克制自己的倾诉欲，养成了自我消化、保持沉默的习惯。倾诉除了会让人反复陷入回忆的泥潭，成为别人茶余饭后的谈资，并不能解决实际问题。

我把自己多年的人际关系进行了梳理，对于友

情，不再流于表面，而是专注和同频的人进行深层次的连接。我也不再把自己全部的热忱毫无保留地展现给所有人，而是有所保留，慢慢地给爱我和我爱的人。

人最难得的就是对自己保持一份清醒的认知。这个过程看似简单，实则很难。被人误解、委屈、吃亏、责难、嘲讽只是人生道路上一段不那么好看的风景，可偏偏是这些不够好看的风景，把赤诚、无畏、坚强、勤勉、乐观衬托得如此美妙。我想，无论何时，坚强都是一种崇高的品质，出入这世间，终将还是要靠自己脚踏实地地走出一方天地。

真，从来就是奢侈的。持久不变的真心、真爱、真性情，更难得；真真假假，真假参半，难以分辨。所以我发自内心地感慨，真情，尤为可贵。

我时常觉得自己心里住着一位古人，可能是她，也可能是他。小宝哥打趣说我生错了年代，本应生于那诗意驰骋、侠影纵横的古代，仗剑天涯，快意恩仇，却偏偏生在了现代。

可我倒觉得，人，无论生在什么时代，都需要一点侠义精神。江湖依旧是那个江湖，练就一颗无坚不摧的心才是行走江湖的生存之道。我感叹幸好自己的初心还在，这一路虽跌跌撞撞，归来仍是少年。

我很喜欢杨澜女士为《向前一步》这本书作的序中的一段话："正如树的价值不能只用打多少家具来衡量，女人不应只是传宗接代的工具，或社会平等指标里的数字；她的价值不是看她做到了什么职位，赚了多少钱，生了多少孩子，而是作为一个活生生的个体，是否拥有了充实丰盈的人生。她应该不受内在或外在的干扰，并拥有自由选择的权利，无论这些选择是当总统还是做一名全职主妇，都值得尊敬和欣赏。"

岁月带给人的有可能是智慧，也有可能是一地鸡毛。成长不分年龄，在收拾这一地鸡毛时，你会清醒地发现人性中的偶然与必然。这个过程很痛苦，可痛苦也是一种力量，一种挣扎的、隐忍的、破碎又重生的力量。

三观被重塑后，人生处处是旷野，内心的辽阔和自由让我的世界变成了一种全新的、向阳而生的模样。每一次呼吸都是对认知的全新解读。

生活中发生的很多事让我深刻地意识到要爱自己，更要学会保护自己。我们首先是自己，其次才是母亲、女儿、妻子。妈妈既不是超人，也不是神仙。爱自己，是在经历了风雨后，依然选择坚强地面对当下，依然相信幸运会降临到自己身上，依然对这无常的命运怀有一颗感恩的心。

亲爱的女儿，我从未想过会以这样的形式和你见面，当你能读到这段文字的时候，应该是很多年以后了。我不能保证在你成长中的每一个阶段都能陪伴在你的身边，但愿你能谅解我的偶尔缺席，希望这几行寄语伴随你慢慢长大。

我没有经过你的同意，便把你带到这个世界上来了，所以我不会要求你成为我的、他的、别人的 2.0 版本。父母也存在局限性，也需要不断成长。作为个体而言，你这一生唯一需要扮演好的角色，就是你自己。

你可以做任何喜欢的职业，结婚或是单身是你的自由。不论是挎着 100 元的帆布袋还是 N 万元的爱马仕，希望你都是自信的。这个世界没有哪一分哪一秒真正属于某一个人，20 年后的世界会飞速运转成什么样子我不知道，但是，妈妈为你打造的这束光，会永远为你亮着。我的女儿，这是妈妈在"偷懒"，也是妈妈对你别样的爱。

德国哲学家亚瑟·叔本华（Arthur Schopenhauer）在《悲观论集卷》里提道："生命是一团欲望，欲望不能满足便痛苦，满足便无聊，人生就在痛苦和无聊之间摇摆。"

我深以为然。在物欲横流的时代，每个人都被大大小小的欲望裹挟着。我希望你能量入为出，把金钱和时间更多地花在旅行、阅读、锻炼、创造价值和帮助需要帮助的人上。

比起试卷上的分数，我更关心你的心灵成长、德行修养，以及如何让自身的优势得到最大程度的释放，毕竟短板补得再牢固，也只是短板。比起用"结婚生子"来实现人生的完整，我更关心你是否找到了那个"对的人"。学会对自己的人生负责是承担婚姻责任的前提。

想要探索远方的奥秘，就用脚步去丈量世界；想要做出一点成绩，就要扛得住打击，勇敢面对现实的残酷，拿出屡败屡战的决心。为了生存与生活，我们不断地在跌倒中爬起来，再跌倒，再爬起来，向前走，没有退路。

你会遇到形形色色的人，譬如好人、坏人、中间人。你会遇到各种不公平、不理解、不信任。你会遇到即使努力也不一定有回报的事，即使你很爱一个人，对方也不一定会回馈你同等的爱。社会的很多面都没有标准答案，你要成为一个什么样的人，也没有标准答案，等待着你自己去探求。

人人都想获得幸福，而每个人对幸福的定义却不尽相同。

诺贝尔文学奖得主伯特兰·罗素（Bertrand Russell）在《幸福之路》里写道："具有伟大灵魂的人会敞开自己的心扉，让宇宙每个地方的风自由吹拂自己的心灵之窗。他会在人类的能力范围内，尽可能真切地理解自我、生命和世界。他会意识到人类生命的短暂和渺小，也会意识到个体心灵可以承载整个宇宙的意义。而且他会看到那些心灵反映着世界的人，在某种意义上变得和世界一样伟大。从被自身境况奴役的恐惧中解脱出来后，他会体验到一种深广的快乐。即使经历世事变迁，他也会永远保持幸福。"

如果你问我，谁是具有伟大灵魂的人？我会回答："程浩是其中之一。"

倘若在你成长的过程中只能推荐一部作品，我会推荐你看程浩的《站在两个世界的边缘》。2013 年，这个大哥哥走了，那年他 20 岁，整整 10 年过去了，如果他还在，也和妈妈一样大了。这本书没有再版，我希望有一天他的书能被更多的人看见，它会让你感受到生命的重量。

对于一个从出生后就没有下地走过路，除了眼角膜和大脑健康以外，其他器官都衰竭的职业病人来说，幸福是什么？程浩说:"幸福就是一觉醒来,窗外的阳光依然灿烂。"

人在没有经历过"小概率事故"之前,很难体会到拥有高质量的睡眠、充足的气血、灵活的四肢和强健的体魄是多么幸福和幸运。活着,请珍惜这个来之不易的肉身。

对于自己不懂或者未知的事物,请保持一颗敬畏之心。有时候,人们往往认为一件事物没有科学依据就一定是错误的或者不存在的,但在科学这个系统化的知识体系之外,还有包罗万象的新兴领域值得人类去发掘。

宇宙已存在了 138 亿年,其中 95% 的物质都是由未知的暗能量和暗物质组成,看不见,摸不着。地球存在 46 亿年,相比之下,人类的历史只有大约 600 万年。目前科学解释不了的现象还有很多,相信随着科技的进步,人类在探寻宇宙的过程中一定会有更多新的发现,而到那时,很多谜团也将会被解开。

闲暇时间,尽可能多地培养一些兴趣爱好。人是需要闲下来的,是需要除物质世界之外的精神世界的。像阅读、音乐、绘画、舞蹈、插花、书法等这些看似"无用"的爱好,却能在平淡的日常,悄无声息地滋润着我们的心灵,让我们在获得精神满足的同时,找到生命的意义。甚至在不经意间,能救人于水火之中。

世界局势每天都在发生翻天覆地的变化,风云莫测。时代的红利和压力使得每一代年轻人身上都被打上了时代的烙印,同时,也背负了相应的使命。

到了你们那一代,人工智能的成熟应用一定会让生活方式、

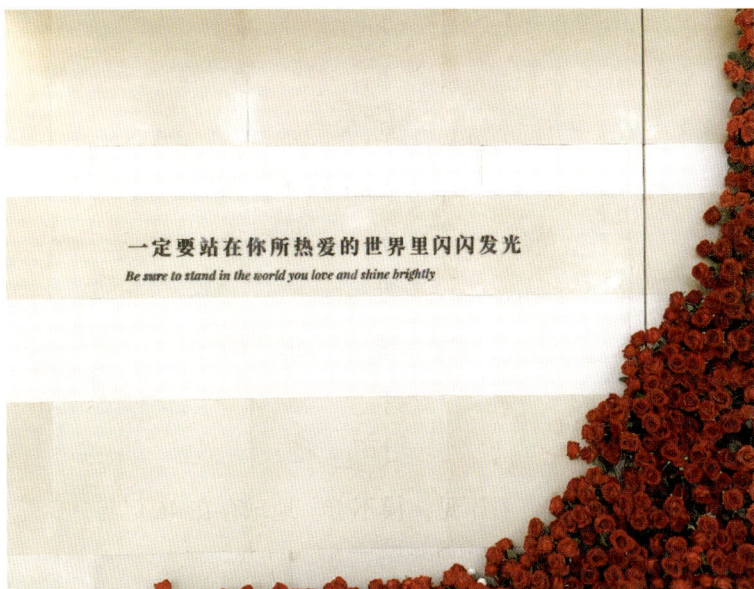

一定要站在你所热爱的世界里闪闪发光
Be sure to stand in the world you love and shine brightly

周末去连卡佛逛街，偶然间在商场的墙壁上看到了这句话，当时瞬间被击中，在原地停留了许久。想必说出这句话的人也是一个内心充满热忱，闪闪发光的人吧！

社会结构、经济模式发生很多改变，诸如上班的方式、出行的方式、娱乐的方式等。当理想与现实发生冲突的时候，不妨停下脚步，深度思考，慎重抉择。因为你的每一个选择都将会影响下一个选择。

即使我们跟别人不一样，也不必感到尴尬或者自卑。世间本来就没有两片完全相同的树叶，更不存在完全一样的人生。比起做一个羞涩的辅助性角色，我更希望你能把握机遇，大胆地去争取自己想要的东西。不论手上拿到的是一副好牌还是烂牌，都请认真地打好它，打完它。

　　勇敢向前，披荆斩棘，做世界上独一无二的你。人生没有完美的，活出一个"不悔"，就够了。